Belo CASAMENTO

JAMIE McGUIRE

Belo CASAMENTO

Tradução
Ana Death Duarte

7ª edição
Rio de Janeiro-RJ / São Paulo-SP, 2023

VERUS
EDITORA

Editora: Raïssa Castro
Coordenadora editorial: Ana Paula Gomes
Copidesque: Anna Carolina G. de Souza
Revisão: Tássia Carvalho
Capa e projeto gráfico: André S. Tavares da Silva

Título original: *A Beautiful Wedding*

ISBN: 978-85-7686-325-0

Verus Editora Ltda.
Rua Argentina, 171, São Cristóvão, Rio de Janeiro/RJ, 20921-380
www.veruseditora.com.br

CIP-BRASIL. CATALOGAÇÃO NA FONTE
SINDICATO NACIONAL DOS EDITORES DE LIVROS, RJ

M429b

McGuire, Jamie
    Belo casamento / Jamie McGuire ; tradução Ana Death Duarte. - 7. ed. -
Rio de Janeiro, RJ : Verus, 2023.
    23 cm.

    Tradução de: A Beautiful Wedding
    ISBN 978-85-7686-325-0

    1. Ficção americana. I. Duarte, Ana Death.
II. Título.

14-08508
                                        CDD: 813
                                        CDU: 821.111(73)-3

Revisado conforme o novo acordo ortográfico

Para Deana e Selena

Se eu estivesse me afogando, você abriria o mar
E arriscaria a própria vida para me salvar.

— JON BON JOVI, "Thank You for Loving Me"

SUMÁRIO

1 Álibi 11

2 O caminho de volta 18

3 Pessoa de sorte 28

4 Três horas 35

5 Pega 45

6 Morto ou vivo 53

7 Dinheiro vivo 59

8 Finalmente 72

9 Antes 79

10 Tatuada 86

11 A volta para casa 95

12 Aniversário de casamento 100

13 14 Solteira 109

15 Felizes para sempre 119

1
ÁLIBI

Abby

Eu podia sentir aquela coisa vindo: uma crescente e persistente inquie-tação que se arrastava sob a minha pele. Quanto mais eu tentava ignorá--la, mais insuportável se tornava: uma coceira que precisava ser arranhada, um grito borbulhando rumo à superfície. Meu pai dizia que a necessidade incontrolável de sair correndo quando as coisas estavam prestes a dar errado era como um tique nervoso, um mecanismo de defesa dos Abernathy. Senti isso instantes antes do incêndio e estava sentindo agora.

Sentada na cama do Travis, só algumas horas depois do incêndio, meu coração estava disparado e meus músculos estremeciam. Minha intuição me impulsionava em direção à porta. Ela me mandava sair dali; cair fora, para qualquer lugar, menos ali. Mas, pela primeira vez na vida, eu não queria ir sozinha. Eu mal conseguia me concentrar naquela voz que eu tanto amava descrevendo quanto temia me perder e como ele estava prestes a escapar quando saiu correndo para o lado oposto, em direção a mim. Tanta gente morreu — alguns eram desconhecidos da Estadual, mas outros eram pessoas que eu tinha visto no refeitório, na sala de aula, em outras lutas.

De alguma forma, nós sobrevivemos e estávamos sentados, sozinhos, no apartamento do Travis, tentando processar aquilo tudo. Sentindo medo, sentindo culpa... pelos que morreram e por termos sobrevivido. Meus pulmões pareciam cheios de teias de aranha e fogo, e eu não conseguia tirar o cheiro repugnante de pele tostada do nariz. Era esmagador, e, mesmo tendo tomado um banho, ele ainda estava ali, misturado ao cheiro de menta e lavanda do sabonete que eu tinha usado para tirar aquilo de mim. As sirenes, os lamentos, as falas preocupadas e cheias de pânico e os gritos de quem chegava à cena e descobria que um amigo ainda estava lá dentro. Todo mundo com a mesma aparência, coberto de fuligem, com a expressão idêntica de perplexidade e desespero. Foi um pesadelo.

Apesar da minha luta para me concentrar, eu ouvi quando ele disse isto: "A única coisa que eu tenho medo é de viver sem você, Beija-Flor".

Nós tínhamos sorte demais. Até mesmo em um canto sombrio de Las Vegas, sendo atacados pelos capangas do Benny, de alguma forma ainda estávamos em vantagem. Travis era invencível. Mas fazia parte do Círculo e ajudara a organizar uma luta em condições inseguras que havia resultado na morte de inúmeros alunos da faculdade... Essa era uma luta que nem mesmo Travis Maddox poderia vencer. Nosso relacionamento resistira a muitas coisas, mas Travis corria um risco real de ir para a cadeia. Mesmo que ele não soubesse disso ainda, esse era o único obstáculo que poderia nos manter afastados. O único obstáculo sobre o qual não tínhamos nenhum controle.

— Então você não precisa ter medo de mais nada — falei. — Nós estamos juntos para sempre.

Ele suspirou e pressionou os lábios nos meus cabelos. Eu não achava que era possível ter tanto sentimento por alguém. Ele havia me protegido. Agora era a minha vez de protegê-lo.

— É isso — ele disse.

— O quê?

— Eu sabia, no segundo em que te conheci, que havia algo em você que eu precisava. Acabou que não era algo em você. Era simplesmente você.

Eu derreti por dentro. Eu o amava. Eu o amava e precisava fazer o que fosse preciso para mantê-lo a salvo. O que fosse necessário... independentemente de quão maluco fosse. Tudo o que eu tinha de fazer era convencê-lo disso.

Eu me inclinei sobre ele, pressionando a bochecha em seu peito.

— Somos *nós*, Trav. Nada faz sentido se não estivermos juntos. Você percebeu isso?

— Se percebi? Faz um ano que eu te falo isso! É oficial. Mulheres, lutas, términos, Parker, Vegas... até mesmo incêndios... Nosso relacionamento pode aguentar qualquer coisa.

— Vegas? — perguntei.

Naquele instante, o plano mais insano de todos se formou na minha cabeça, mas a ideia fazia sentido enquanto eu mirava aqueles cálidos olhos castanhos. Aqueles olhos faziam tudo ter sentido. Seu rosto e seu pescoço ainda estavam cobertos de fuligem misturada ao suor, um lembrete de quão próximos estivemos de perder tudo.

Minha mente estava a mil. Nós só precisaríamos do essencial e poderíamos sair por aquela porta em cinco minutos. A gente podia comprar roupas por lá. Quanto mais cedo partíssemos, melhor. Ninguém acreditaria que duas pessoas pegariam um avião logo depois de uma enorme tragédia como aquela. Não fazia sentido, e era exatamente por isso que tínhamos de fazer aquilo.

Eu precisava levar Travis para longe, por um motivo específico. Algo verossímil, ainda que fosse loucura. Por sorte, loucura não era algo tão distante assim para Travis e para mim, e era possível que os investigadores acabassem duvidando das dezenas de testemunhas que o viram lutando no porão do Keaton Hall — se tivessem provas de que estávamos nos casando em Vegas, horas depois do incêndio. Era completamente maluco, mas eu não sabia o que mais poderia fazer. Eu não tinha tempo para pensar num plano melhor. Nós já deveríamos ter partido.

Travis me encarava cheio de expectativa, esperando para aceitar incondicionalmente qualquer coisa que saísse da minha boca maluca. Eu o amava. Droga, eu o amava e não podia perdê-lo agora, não depois de tudo pelo que passamos para chegar até aqui. Pelos padrões de qualquer um, éramos jovens demais para casar, imprevisíveis demais. Quantas vezes já tínhamos ferido um ao outro no meio do caminho, gritado um com o outro num minuto e caído juntos na cama no seguinte? Mas tínhamos acabado de ver como a vida era frágil. Quem poderia saber quando o fim chegaria e levaria um de nós? Olhei para ele, determinada. Ele era meu, e eu dele. Se eu tinha alguma certeza no mundo, era que só essas duas coisas importavam.

Ele franziu a testa.

— O que tem?

— Você já pensou em voltar lá?

As sobrancelhas dele se ergueram.

— Não acho uma boa ideia.

Semanas antes, eu havia partido o coração dele. A imagem de Travis perseguindo o carro de America quando se deu conta de que as coisas tinham acabado ainda estava fresca na minha memória. Ele ia lutar para o Benny em Vegas, e eu não colocaria os pés lá de novo. Nem mesmo por ele. Ele tinha vivido um inferno enquanto estávamos separados. Travis me implorara de joelhos para voltar, e eu estava tão determinada a nunca mais retornar para a minha vida em Nevada que saí andando. Eu seria uma tremenda idiota se pedisse para ele voltar para aquele lugar. Eu meio que esperava que ele me mandasse para o inferno só por mencionar essa possibilidade, mas esse era o meu único plano e eu estava desesperada.

— E se fosse só por uma noite?

Uma noite era tudo que eu precisava. Nós só precisávamos estar *em algum outro lugar.*

Ele olhou ao redor do quarto, buscando na escuridão o que achava que eu queria ouvir. Eu não queria ser esse tipo de garota, que não abre o jogo e acaba causando um enorme e estúpido mal-entendido. Mas eu não podia contar ao Travis a verdade sobre o motivo pelo qual eu tinha acabado de pedir a mão dele em casamento. Ele nunca concordaria em ir.

— Uma noite?

Era óbvio que ele não fazia a menor ideia do que responder. Provavelmente pensou que fosse um teste, mas a única coisa que eu queria era que ele dissesse sim.

— Casa comigo — falei sem hesitar.

A boca dele se abriu num suspiro silencioso. Esperei uma eternidade até que os lábios dele se curvassem para cima, e ele selou a boca na minha. O beijo dele gritava milhares de emoções diferentes. Meu cérebro parecia inchado com pensamentos conflitantes de alívio e pânico. Aquilo ia dar certo. A gente ia se casar, Travis teria um álibi e tudo ia ficar bem.

Ah, que inferno.

Droga. Merda. *Porra.*

Eu ia me casar.

Travis

Abby Abernathy era famosa por uma coisa: ela não tinha um tique que a entregasse. Ela podia cometer um crime e sorrir como se fosse um dia qualquer, mentir sem nem piscar. Só uma pessoa no mundo tinha alguma chance de descobrir qual era o tique dela, e essa pessoa precisava sacar isso logo se quisesse ter uma chance com ela.

Eu.

Abby perdera a infância e eu tinha perdido a minha mãe, então, para duas pessoas que lutavam para permanecer na mesma página, nós estávamos na mesma história. Isso me dava uma vantagem, e, depois de fazer disso o meu objetivo nos últimos meses, cheguei a uma resposta.

O tique da Abby era não ter um. Isso pode não fazer sentido para a maioria das pessoas, mas para mim fazia todo o sentido do mundo. Era a ausência de tique que a entregava. A paz em seus olhos, a suavidade no sorriso, os ombros relaxados, tudo isso me alertava de que havia algo errado.

Se eu não a conhecesse bem, poderia ter pensado que esse era simplesmente o nosso final feliz, mas ela estava aprontando alguma. Sentado no terminal, esperando para embarcar em um avião para Vegas, com Abby aninhada no contorno do meu corpo, eu sabia que era fácil tentar ignorar isso. Ela continuava erguendo a mão, admirando o anel que eu tinha comprado para ela e suspirando. A mulher de meia-idade à nossa frente observava minha noiva e sorria, provavelmente fantasiando sobre uma época em que ela tinha a vida toda pela frente. Ela não sabia o que aqueles suspiros realmente significavam, mas eu tinha ideia.

Era difícil ficar feliz com o que estávamos prestes a fazer com a nuvem de tantas mortes pairando sobre a nossa cabeça. Não, sério, aquilo estava literalmente sobre a nossa cabeça. Uma televisão na parede exibia as notícias locais. Cenas do incêndio e as atualizações mais recentes sobre o assunto rolavam pela tela. Eles entrevistaram Josh Farney. Ele estava coberto de fuligem e com uma aparência horrível, mas fiquei feliz por ele ter conseguido escapar. Ele estava razoavelmente bêbado quando o vi antes da luta. A maioria das pessoas que iam ao Círculo já chegava bêbada ou enchia a cara enquanto esperava que meu oponente e eu trocássemos socos. Quando as chamas começaram a se espalhar pela sala, a adrenalina foi bombeada na veia de todo mundo — o bastante para fazer com que até o mais embriagado ficasse sóbrio.

Eu queria que aquilo não tivesse acontecido. Nós tínhamos perdido tantas pessoas, e isso não era exatamente algo que alguém desejaria que acontecesse antes de seu casamento. Por experiência própria, eu sabia que a lembrança de uma tragédia podia ser colocada no lugar errado. Ligar essa data a algo que celebraríamos ano após ano manteria a tragédia viva na nossa mente. Droga, eles ainda estavam retirando corpos, e eu agindo como se isso fosse uma chateação. Havia pais do lado de fora que não faziam ideia de que nunca mais veriam os filhos novamente.

Esse pensamento egoísta levou à culpa, e a culpa levou a uma mentira. De qualquer forma, era puro milagre estarmos nos casando bem agora. Mas eu não queria que Abby achasse que eu estava qualquer coisa além de animado pra caralho com o casamento. Conhecendo Abby, sei que ela interpretaria errado e mudaria de ideia. Então eu me concentrei nela e no que estávamos prestes a fazer. Eu queria ser um noivo normal, capaz de vomitar de tanta animação, e ela não merecia nada menos que isso. Essa não seria a primeira vez em que eu fingiria não me importar com algo que não conseguia tirar da cabeça. A prova viva disso estava aninhada ao meu lado.

Na tela da TV, a âncora do noticiário se encontrava do lado de fora do Keaton Hall segurando o microfone com ambas as mãos, com uma ruga de expressão entre as sobrancelhas. "... o que as famílias das vítimas estarão se perguntando: de quem é a culpa? Com você de novo, Kent."

De repente, a náusea se tornou real. Tantas pessoas tinham morrido, claro que teriam de responsabilizar alguém por isso. Seria culpa do Adam? Ele iria para a cadeia? Eu iria? Abracei Abby junto a mim e beijei seus cabelos. Uma mulher atrás de uma mesa pegou um microfone e se pôs a falar, e meu joelho começou a saltar incontrolavelmente. Se não fôssemos embarcar em breve, eu poderia pegar a Abby e correr até Vegas. Eu sentia como se fosse capaz de chegar lá antes do avião. A atendente nos instruiu sobre o embarque, sua voz subia e descia com o anúncio que provavelmente ela já tinha lido um milhão de vezes. Ela soava como a professora naqueles desenhos animados da *Turma do Charlie Brown*: entediada, monótona e impossível de entender.

A única coisa que fazia sentido eram os pensamentos que se repetiam na minha cabeça: eu estava prestes a me tornar o marido da segunda mulher que amei na vida.

Estava quase na hora. Droga. Merda, é! Porra, é!

Eu ia me casar!

2

O CAMINHO DE VOLTA

Abby

Fiquei olhando a pedra reluzente em meu dedo e suspirei mais uma vez. Não era um suspiro despreocupado que uma jovem noiva poderia soltar enquanto admira seu enorme diamante. Era um suspiro carregado de pensamento. Um pensamento denso e reflexivo, que me fazia pensar de maneira ainda mais densa e reflexiva. Mas eu não ia mudar de ideia. A gente não podia ficar longe um do outro. O que estávamos prestes a fazer era inevitável, e Travis Maddox me amava do jeito que a maioria das pessoas sonhava. Meu suspiro estava cheio de preocupação e esperança no meu plano idiota. Eu queria tanto que Travis ficasse bem que isso era quase palpável.

— Para com isso, Flor — disse Travis. — Você está me deixando nervoso.

— É que... é muito grande!

— Fica perfeito no seu dedo — ele respondeu, se ajeitando na cadeira.

Nós estávamos sentados entre um homem de negócios que falava baixo ao celular e um casal de idosos. Uma atendente estava parada atrás da mesa no portão de embarque, falando em algo que parecia um rádio amador. Eu me perguntei por que simplesmente não usavam um microfone comum. Ela anunciou alguns nomes e então pendurou o dispositivo em algum lugar atrás da mesa.

— O voo deve estar cheio — Travis disse.

O braço esquerdo dele estava apoiado no encosto da minha cadeira, seu polegar roçando gentilmente meu ombro. Travis estava tentando parecer relaxado, mas seu joelho trêmulo o entregava.

— O diamante é grande demais. Parece que vou ser roubada a qualquer momento — falei.

Travis riu.

— Primeiro, ninguém vai pôr a mão em você, nem fodendo. Segundo, esse anel foi feito para estar no seu dedo. Eu soube assim que vi...

"Atenção, passageiros do voo 2477 da American Airlines com destino a Las Vegas, estamos procurando três voluntários para embarcar num voo posterior. Oferecemos vouchers de viagem com validade de um ano a contar da partida."

Travis olhou para mim.

— Não.

— Você está com pressa? — ele perguntou, com um sorriso presunçoso no rosto.

Eu me inclinei e o beijei.

— Pra falar a verdade, estou.

Ergui o dedo e limpei a manchinha de fuligem que ele não limpara no banho, sob seu nariz.

— Valeu, baby — ele disse, me apertando junto à lateral de seu corpo.

Ele olhou ao redor, com o queixo erguido e os olhos brilhantes. Travis estava em seu melhor humor desde a noite em que ganhara nossa aposta. Isso me fez sorrir. Inteligente ou não, a sensação de ser tão amada era boa, e ali naquele instante e naquele lugar eu decidi que pararia de me desculpar por isso. Havia coisas piores do que encontrar sua alma gêmea tão cedo, e o que era cedo demais, de qualquer forma?

— Tive uma discussão com a minha mãe sobre você uma vez — Travis disse, olhando através da parede de vidro à nossa esquerda.

Ainda estava escuro. O que quer que ele tenha visto não se encontrava do outro lado.

— Sobre mim? Isso não é meio que... impossível?

— Na verdade, não. Foi no dia em que ela morreu.

A adrenalina irrompeu de onde costuma irromper e se apressou pelo meu corpo, se acumulando nos dedos das minhas mãos e pés. Travis nunca tinha falado da mãe comigo. Muitas vezes eu quis lhe perguntar sobre ela, mas pensava na náusea que tomava conta de mim quando alguém me questionava sobre a minha mãe, então nunca disse nada.

Ele continuou:

— Ela me disse para encontrar uma garota pela qual valesse a pena lutar. Aquela que não vem fácil.

Fiquei um pouco constrangida, me perguntado se aquilo significava que eu era um baita pé no saco. Para falar a verdade, eu era mesmo, mas essa não era a questão.

— Ela me disse para nunca parar de lutar, e eu não parei. Ela estava certa.

Ele respirou fundo, como se deixasse aquele pensamento se depositar em seus ossos.

O fato de Travis acreditar que eu era a mulher a quem sua mãe se referia, que ela me aprovaria, me fez sentir uma aceitação que nunca senti antes. Diane, que falecera quase dezessete anos antes, agora me fazia sentir mais amada que a minha própria mãe havia feito.

— Eu amo a sua mãe — falei, me recostando no peito de Travis.

Ele baixou o olhar para mim e, após uma curta pausa, beijou meus cabelos. Eu não podia ver seu rosto, mas ouvia em sua voz quanto ele estava comovido.

— Ela também teria amado você. Não tenho a menor dúvida.

A mulher falou ao rádio novamente: "Atenção, passageiros do voo 2477 da American Airlines com destino a Las Vegas, o embarque terá início em instantes. Os primeiros serão os passageiros que precisarem de auxílio para embarcar e os que estiverem com crianças pequenas, em seguida os passageiros da primeira classe e da classe executiva".

— E quanto aos excepcionalmente cansados? — Travis disse, se levantando. — Eu preciso de uma droga de um Red Bull. Talvez a gente devesse ter deixado a nossa passagem pra amanhã, como tinha planejado, não?

Ergui uma sobrancelha.

— Você tem algum problema com o fato de eu estar com pressa em me tornar a sra. Travis Maddox?

Ele balançou a cabeça, me ajudando a ficar de pé.

— Claro que não! Eu ainda estou em estado de choque, se você quer saber a real. Só não quero que você se apresse por estar com medo de mudar de ideia.

— Talvez eu esteja com medo de você mudar de ideia.

As sobrancelhas dele se juntaram e ele me envolveu em seus braços.

— Você não pode pensar isso de verdade. Você precisa saber que não tem nada que eu queira mais do que isso.

Fiquei na ponta dos pés e dei um selinho nele.

— Acho que estamos prestes a embarcar num avião com destino a Las Vegas para nos casar, é nisso que estou pensando.

Travis me apertou ao seu lado e então me beijou animado da bochecha até a clavícula. Dei uma risadinha nervosa enquanto ele fazia cócegas no meu pescoço e ri ainda mais alto quando ele me ergueu do chão. Ele me beijou uma última vez antes de pegar minha bolsa no chão, e então me conduziu pela mão até a fila.

Mostramos nossa passagem e descemos de mãos dadas pela plataforma de embarque. As comissárias de bordo nos deram uma olhada e sorriram, como se soubessem o que estávamos prestes a fazer. Travis passou pelo nosso assento, para me deixar entrar, colocou a nossa bagagem de mão no compartimento acima de nós e desmoronou ao meu lado.

— A gente devia tentar dormir, mas eu não sei se consigo. Estou agitado pra caralho.

— Você acabou de dizer que precisava de um Red Bull.

A covinha dele apareceu quando ele sorriu.

— Pare de dar ouvidos a tudo que eu falo. Provavelmente não vou fazer sentido pelos próximos seis meses, enquanto tento processar o fato de ter conseguido tudo o que eu sempre quis na vida.

Eu me inclinei para olhar em seus olhos.

— Trav, se você está se perguntando por que estou com tanta pressa de me casar com você... Isso que você acabou de dizer é apenas um dos muitos motivos.

— É?

— É.

Ele se ajeitou no assento e colocou a cabeça no meu ombro, passando o nariz pelo meu pescoço algumas vezes antes de relaxar. Toquei os lábios na testa dele e depois olhei pela janela, esperando enquanto os outros passageiros passavam por ali e rezando em silêncio para que o piloto arrancasse logo. Eu nunca tinha ficado tão grata como agora por minha incomparável cara de paisagem. Eu queria me levantar e gritar como agora para todo mundo se sentar e para o piloto decolar logo, mas me proibi até de ficar inquieta e forcei meus músculos a relaxar.

Os dedos de Travis encontraram os meus e nós os entrelaçamos. O hálito dele aquecia meu ombro, espalhando a calidez pelo meu corpo todo. Às vezes eu só queria me afogar no Travis. Eu pensava no que poderia acontecer se meu plano não desse certo. Travis sendo preso, julgado no tribunal e, a pior das possibilidades, indo para a prisão. Ciente de que era possível que eu ficasse separada dele por um bom tempo, senti que uma promessa de ficar com ele para sempre não parecia suficiente. Meus olhos se encheram de lágrimas e uma delas escapou, rolando bochecha abaixo. Eu a limpei rapidamente. Droga, o cansaço sempre me deixava mais emotiva.

Os outros passageiros estavam colocando suas bagagens no lugar, afivelando o cinto de segurança, fazendo esse movimento sem ter a mínima ideia de que a nossa vida estava prestes a mudar para sempre.

Eu me virei para olhar através da janela. Qualquer coisa para tirar da mente a urgência de decolar logo.

— Anda logo — sussurrei.

Travis

Foi fácil relaxar quando descansei a cabeça no ombro da Abby. Seus cabelos ainda cheiravam um pouco a fumaça, e suas mãos ainda estavam rosadas e inchadas de forçar abertura da janela do porão. Tentei tirar a imagem da minha cabeça: as manchas de fuligem em seu rosto, os olhos assustados vermelhos e irritados por causa da fumaça, ressaltados pelo rímel preto borrado em volta deles. Se eu não tivesse ficado para trás, ela poderia não ter conseguido escapar. A vida sem Abby não me parecia muito uma vida. Eu não queria nem imaginar como seria perdê-la. Sair de um pesadelo para uma situação com a qual eu sonhara era uma experiência surpreendente, mas ficar ali encostado na Abby enquanto o avião zunia e a comissária lia sem nenhuma emoção os anúncios pelos alto-falantes, de alguma forma, facilitava a transição.

Procurei os dedos de Abby, entrelaçando os meus nos dela. Sua bochecha pressionava tão sutilmente o topo da minha cabeça que, se eu estivesse prestando atenção em qual fio puxar para acionar o colete salva-vidas, eu poderia ter perdido essa minúscula demonstração de afeto.

Em apenas alguns meses, a pequena mulher ao meu lado tinha se tornado meu mundo inteiro. Eu imaginava como ela ficaria linda em seu vestido de noiva, voltar ao apartamento para vê-la dando uma cara nova ao ambiente, comprando nosso primeiro carro e fazendo aquelas coisas cotidianas e chatas que pessoas casadas fazem, como lavar louça e fazer compras... juntos. Eu me imaginava vendo-a cruzar o palco em sua formatura na faculdade. Depois que nós dois arrumássemos emprego, provavelmente começaríamos uma família. O que aconteceria em três ou quatro anos. Nós dois tínhamos lares arruinados, mas eu sabia que a Abby seria uma baita boa mãe. Pensei em como reagiria quando ela me dissesse que estava grávida, e já me sentia um pouco emocionado quanto a isso.

Nem tudo seria cor de rosa, mas lutar em momentos difíceis era o que fazíamos de melhor, e tivemos momentos difíceis o bastante para saber que podíamos passar por eles.

Com pensamentos de um futuro em que Abby estaria grávida do nosso primeiro filho passando pela minha cabeça, meu corpo relaxou recostado no assento piniquento do avião e eu peguei no sono.

O que é que eu estava fazendo ali? O cheiro de fumaça queimava meu nariz, e os choros e gritos distantes faziam meu sangue congelar, mesmo com o suor escorrendo pelo meu rosto. Eu estava de volta às entranhas do Keaton Hall.

— Beija-Flor — gritei. Eu tossia e apertava os olhos, como se isso fosse me ajudar a enxergar melhor em meio à escuridão. — Beija-Flor!

Eu já tinha sentido isso antes. O pânico, a pura adrenalina de estar realmente com medo de morrer. A morte estava só a alguns instantes de distância, mas eu não tinha pensado em como seria morrer sufocado ou queimado vivo. Eu só pensava na Abby. Onde ela estava? Será que estava bem? Como eu iria salvá-la?

Uma única porta do outro lado do ambiente ficou visível, acentuada pelas chamas que se aproximavam. Girei a maçaneta e me precipitei para dentro do cômodo de dez metros quadrados. Eram apenas quatro paredes de blocos de concreto. Uma janela. Um grupo pequeno de garotas e alguns caras estavam encostados na parede mais afastada, tentando alcançar a única saída.

Derek, um dos meus companheiros da fraternidade, erguia uma das meninas, e ela desesperadamente esticava o braço na tentativa de alcançar a janela.

— Você consegue, Lindsey? — ele grunhiu, respirando com dificuldade.

— Não! Eu não consigo alcançar! — ela gritou, arranhando o espaço acima de sua cabeça. Ela vestia uma camiseta rosa da Sigma Cappa, ensopada de suor.

Derek fez um sinal com a cabeça para seu amigo, cujo nome eu não sabia, mas que estava na minha aula de humanas.

— Levante a Emily, Todd! Ela é mais alta!

Todd se curvou para frente e entrelaçou os dedos, mas Emily tinha se colado à parede, paralisada de medo.

— Emily, venha aqui.

O rosto dela se comprimiu. Ela parecia uma garotinha.

— Eu quero a minha mãe — choramingou.

— Vem. Aqui. Porra! — ordenou Todd.

Depois de levar um breve instante para encontrar coragem, Emily se precipitou para longe da parede e subiu em Todd. Ele a impulsionou para cima, mas ela também não conseguia alcançar a janela.

Lainey observou a amiga tentando alcançar a janela, percebeu as chamas se aproximando e então bateu com os punhos cerrados no próprio peito. Ela os cerrou tanto que ambos tremiam.

— Continue tentando, Emily!

— Vamos tentar de outro jeito! — falei, mas eles não me ouviram. Talvez já tivessem tentado diversos caminhos, e essa era a única janela que conseguiram encontrar. Eu me apressei até o corredor escuro e dei uma olhada em volta. Era um beco sem saída. Não tínhamos mais para onde correr.

Voltei lá para dentro, tentando pensar em algo para nos salvar. Lençóis cheios de pó cobriam móveis guardados que se alinhavam pelas paredes, e o fogo os estava usando como caminho. Uma trilha que dava direto para a sala onde estávamos.

Recuei alguns passos e então me virei para encarar os garotos atrás de mim. Seus olhos se arregalaram e eles recuaram para a parede. Lainey, aterrorizada, estava tentando escalar os blocos de cimento.

— Vocês viram a Abby Abernathy? — perguntei. Eles não me ouviram. — Ei! — gritei mais uma vez. Nenhum daqueles garotos reconhecia minha presença ali. Fui em direção ao Derek e gritei. — Ei! — Ele olhou através de mim, para o incêndio, com uma expressão aterrorizada. Olhei para os outros. Eles também não me viram.

Confuso, caminhei até a parede e saltei, tentando alcançar a janela, e então eu estava ajoelhado no chão do lado de fora, olhando lá para dentro. Derek, Todd, Lainey, Lindsey e Emily ainda estavam lá. Tentei abrir a janela, mas ela não se movia. Mesmo assim, continuei tentando, na esperança de que, em algum momento, ela se abrisse e eu pudesse puxá-los para fora.

— Aguentem aí! — gritei. — Socorro! — gritei de novo, na esperança de que alguém me ouvisse.

As garotas se abraçaram e Emily começou a chorar.

— É só um pesadelo. É só um pesadelo. Acorde! Acorde! — ela disse várias e várias vezes.

— Pegue um lençol, Lainey! — Derek odenou. — Enrole e enfie debaixo da porta!

Lainey se arrastou para puxar um lençol de cima de uma mesa. Lindsey a ajudou e então observou a amiga enfiar desesperadamente o lençol sob a porta. Ambas recuaram, olhando para a porta.

— Estamos presos — Todd disse a Derek.

Os ombros de Derek despencaram. Lainey foi em direção a ele, que pôs as duas mãos nas bochechas sujas dela. Eles ficaram com os olhos fixos um no outro. Uma densa fumaça preta se contorceu sob a porta e se infiltrou na sala. Emily deu um pulo em direção à janela.

— Me levanta, Todd! Eu quero sair! Eu quero sair daqui!

Todd observava os pulos dela com uma expressão de derrota.

— Mãe! — Emily gritava. — Mãe, me ajuda! — Seus olhos estavam na janela, mas ainda assim ela olhava através de mim.

Lindsey esticou a mão para Emily, mas não a tocou.

— Shhh... — disse ela, tentando reconfortá-la de onde estava.

Ela cobriu a boca com as mãos e começou a tossir. Olhou para Todd, lágrimas escorriam pelo seu rosto.

— Nós vamos morrer.

— Eu não quero morrer! — Emily gritou, ainda pulando.

Enquanto a fumaça enchia a sala, eu socava a janela, várias e várias vezes. A adrenalina deve ter sido inacreditável, porque eu não conseguia sentir minha mão socando o vidro, mesmo usando toda a força que eu tinha.

— Me ajudem! Socorro! — eu gritei, mas ninguém veio me ajudar.

A fumaça bateu na janela e fez um redemoinho, e as tosses e os choros foram silenciados.

Abri os olhos e olhei ao redor. Eu estava no avião com a Abby, minhas mãos seguravam com firmeza os descansos de braço da poltrona, e cada músculo do meu corpo se enrijeceu.

— Travis? Você está suando — Abby disse, e pôs a mão na minha bochecha.

— Já volto — falei, soltando rapidamente o cinto de segurança.

Corri até os fundos do avião e abri com um solavanco a porta do banheiro, então me tranquei lá dentro. Girando a torneira da pia, joguei água no rosto e então fiquei encarando o espelho, observando as gotas deslizarem pelo meu maxilar e caírem no balcão.

Eles estavam lá por minha causa. Eu sabia que o Keaton não era seguro e sabia que tinha muita gente naquele porão, e deixei que aquilo acontecesse. Contribuí com dezenas de mortes, e agora eu estava em um avião com destino a Las Vegas. Qual era a merda do meu problema?

Voltei para o meu assento e afivelei o cinto ao lado de Abby.

Ela ficou me encarando, imediatamente notando que havia algo errado comigo.

— O que foi?

— A culpa é minha.

Ela balançou a cabeça e manteve a voz baixa.

— Não. Não faça isso.

— Eu devia ter dito não. Eu devia ter insistido em um lugar mais seguro.

— Você não sabia o que ia acontecer. — Ela olhou de relance ao redor, se certificando de que ninguém estava ouvindo nossa conversa. — É horrível. É tenebroso. Mas nós não podíamos parar aquilo. Não podemos mudar o que aconteceu.

— E se eu for preso, Abby? E se eu for parar na cadeia?

— Shhh — ela disse, me fazendo lembrar da forma como Lindsey tentava confortar Emily no meu sonho. — Não vai acontecer — sussurrou ela. Seus olhos estavam focados, determinados.

— Talvez devesse acontecer.

3

PESSOA DE SORTE

Abby

*Quando as rodas do avião tocaram a pista de pouso do Aeroporto In-*ternacional McCarran, Travis finalmente estava relaxado e apoiado no meu ombro. As luzes brilhantes de Las Vegas haviam estado visíveis pelos últimos dez minutos, sinalizando como um farol tudo o que eu odiava... e tudo o que eu queria.

Travis despertou devagar, espiando rapidamente janela afora, antes de beijar a curva do meu ombro.

— Chegamos?

— Viva! Eu achei que você ia voltar a dormir. O dia vai ser longo.

— De jeito nenhum eu ia voltar a dormir depois daquele sonho — ele disse, se alongando. — Nem sei se quero dormir de novo.

Meus dedos pressionaram os dele. Eu odiava vê-lo assim tão abalado. Ele não quis falar sobre o sonho, mas não precisou muito para eu sacar onde é que ele estava enquanto dormia. Eu me perguntava se alguém que escapara do Keaton seria capaz de fechar os olhos sem ver a fumaça e os rostos de pânico. O avião chegou ao portão, o sinal indicando o uso do cinto se apagou e as luzes da cabine foram acesas, sinalizando para que todos se levantassem e pegassem suas bagagens de mão. Todo mundo estava com pressa, ainda que ninguém fosse sair dali antes das pessoas sentadas à sua frente.

Permaneci sentada fingindo paciência, observando Travis se levantar para puxar nossa bagagem. A camiseta dele levantou quando ele esticou o braço, revelando os músculos de seu abdômen se movendo e em seguida se contraindo quando ele trouxe as malas para baixo.

— Tem um vestido aqui dentro?

Balancei a cabeça em negativa.

— Pensei em comprar um por aqui.

Ele assentiu uma vez.

— É, eu aposto que tem um monte de vestidos para você escolher aqui. Opções melhores para um casamento em Vegas do que na nossa cidade.

— Exatamente a minha linha de pensamento.

Travis esticou a mão e me ajudou a dar os dois passos até o corredor do avião.

— Não importa o que você vestir, vai ficar linda.

Eu lhe dei um beijo na bochecha e peguei minha mala assim que a fila começou a andar. Nós seguimos os outros passageiros pela plataforma e entramos no terminal.

— *Déjà vu* — Travis sussurrou.

Senti a mesma coisa. As máquinas caça-níqueis entoavam seu canto de sereia e piscavam luzes coloridas e brilhantes, falsamente prometendo sorte e muito dinheiro. Da última vez em que Travis e eu estivemos aqui, era fácil saber quem eram os casais que iam se casar, e eu me perguntei se também éramos assim tão óbvios.

Travis pegou a minha mão enquanto atravessávamos a área das esteiras de bagagem, e então seguimos até o sinal indicando TÁXIS. As portas automáticas se abriram e nós adentramos o ar noturno do deserto. Ainda estava sufocantemente quente e seco. Respirei o calor, permitindo que Las Vegas invadisse cada parte do meu ser.

Casar com Travis seria a coisa fácil mais difícil que eu já teria feito na vida. Eu precisava despertar as partes do meu ser moldadas nos cantos mais obscuros desta cidade para fazer meu plano funcionar. Se Travis achasse que eu estava fazendo isso por qualquer outro motivo que não apenas querer me comprometer com ele, ele nunca me deixaria fazer isso, e o Travis não era exatamente um cara ingênuo e, pior, me conhecia melhor que ninguém; ele sabia do que eu era capaz. Se eu conseguisse realizar o casamento e manter Travis fora da cadeia, sem ele saber de nada, seria o melhor blefe da minha vida.

Mesmo tendo passado pela multidão que esperava a bagagem, havia uma fila enorme para os táxis. Suspirei. Nós deveríamos estar nos casando agora. Já estava escuro. Haviam se passado cinco horas desde o incêndio. A gente não podia se dar ao luxo de mais filas.

— Flor? — Travis apertou a minha mão. — Você está bem?

— Estou — falei, balançando a cabeça e sorrindo. — Por quê?

— Você parece... um pouco tensa.

Refleti sobre o estado do meu corpo; qual era a minha postura, minha expressão facial, qualquer coisa que pudesse lhe dar uma pista. Meus ombros estavam tão rígidos que se erguiam até quase as orelhas, então eu os forcei a relaxar.

— Só estou pronta.

— Para acabar logo com isso? — ele perguntou, arqueando minimamente as sobrancelhas.

Se eu não o conhecesse, nunca teria percebido.

— Trav — falei, envolvendo sua cintura com meus braços. — A ideia foi minha, lembra?

— Assim como da última vez em que viemos a Vegas. Você lembra como aquilo terminou?

Eu ri, e então me senti péssima. A linha vertical que suas sobrancelhas formavam se aprofundou. Aquilo era muito importante para ele. A forma como ele me amava era devastadora na maior parte do tempo, mas naquela noite era diferente.

— Estou com pressa sim. Você não?

— Sim, mas tem alguma coisa errada.

— Você só está nervoso. Pare de se preocupar.

Sua expressão ficou mais suave e ele se inclinou para beijar os meus cabelos.

— Tá bom. Se você diz que está tudo bem, vou acreditar em você.

Quinze longos minutos depois, estávamos na frente da fila. Um táxi encostou junto ao meio-fio e parou. Travis abriu a porta para mim, e eu baixei a cabeça para entrar no banco traseiro, deslizando para o lado para esperar que Travis entrasse também. O motorista olhou por cima do ombro.

— Viagem curta?

Travis colocou nossa única bagagem de mão na frente dele, no assoalho do táxi.

— Viajamos com pouca coisa.

— Bellagio, por favor — eu disse calmamente, tirando o tom de urgência da minha voz.

Com uma letra que eu não entendia, uma melodia animada e meio circense soava pelos alto-falantes enquanto seguíamos do aeroporto até o centro comercial. As luzes eram visíveis quilômetros antes de chegarmos ao hotel.

Quando chegamos à The Strip, notei um rio de pessoas subindo e descendo pelas laterais da via. Até de madrugada, as calçadas estavam lotadas de solteiros, mulheres empurrando carrinhos com bebês que dormiam, gente fantasiada tirando fotos em troca de gorjeta e homens de negócios — aparentemente querendo relaxar.

Travis colocou o braço em volta dos meus ombros. Eu me apoiei nele, tentando não olhar para o relógio pela décima vez.

O táxi parou na entrada circular de carros do Bellagio, e Travis se inclinou para frente com o dinheiro para pagar o motorista. Então puxou a nossa mala de rodinhas para fora e esperou por mim. Eu me apressei para fora do carro, segurando a mão dele e pisando no concreto. Como se não fosse alta madrugada, as pessoas estavam de pé na fila do táxi rumo a um cassino diferente, e outras voltaram, trôpegas e rindo depois de uma longa noite de bebedeira.

Travis apertou minha mão.

— Nós estamos mesmo aqui.

— É! — falei, puxando-o para dentro.

O teto era enfeitado de uma forma distrativa. Todo mundo no saguão estava em pé com o nariz para cima.

— O que você está...? — eu falei, me virando para Travis.

Ele me deixava puxá-lo enquanto absorvia o esplendor do teto.

— Olha, Flor! Aquilo é... uau! — ele disse, admirado com as flores imensas e coloridas que beijavam o teto.

— É! — respondi, arrastando-o até a recepção. — Viemos fazer o check-in — falei. — E precisamos agendar um casamento em uma capela local.

— Qual delas? — o homem perguntou.

— Qualquer uma. Uma capela legal. Que funcione vinte e quantro horas.

— Nós podemos arranjar isso. Só vou registrar vocês aqui, e depois o concierge vai poder ajudá-los com a capela, shows e o que mais vocês quiserem.

— Ótimo — falei, me virando para Travis com um sorriso triunfante. Ele ainda estava com o olhar fixo no teto. — Travis! — eu disse, puxando-o pelo braço.

Ele se virou, saindo de seu estado hipnótico.

— Oi?

— Você pode ir até o concierge e agendar o nosso casamento?

— Sim? Quero dizer, sim! Posso. Em qual capela?

Ri uma vez.

— Uma aqui perto. Que fique aberta a noite inteira. Classuda.

— Entendido — ele disse.

Travis me deu um beijo estalado na bochecha antes de empurrar a mala de rodinhas na direção da mesa do concierge.

— Nossa reserva está em nome de Maddox — falei, sacando um papel impresso. — Esse é o número da nossa reserva.

— Ah, sim. Eu tenho uma suíte de lua de mel disponível, se quiserem fazer um upgrade.

Balancei a cabeça em negativa.

— Estamos bem assim.

Travis estava do outro lado do salão, conversando com um homem atrás da mesa. Eles estavam olhando um panfleto, e ele exibia um imenso sorriso enquanto o homem apontava para os diferentes lugares.

— Por favor, faça dar certo — sussurrei.

— Pois não, senhora?

— Ah. Nada — falei, enquanto ele voltava a clicar no computador.

❦

Travis

Abby se inclinou com um sorriso quando beijei sua bochecha e então continuou com o nosso check-in enquanto eu me dirigi até o concierge para escolher a capela. Olhei de relance para a minha em breve futura esposa, as longas pernas apoiadas nos sapatos de salto plataforma que faziam um belo par de pernas parecer ainda mais bonito. Sua blusa fina e esvoaçante era suficientemente transparente para me deixar desapontado ao ver uma regata por baixo. Seus óculos de sol favoritos estavam sobre a aba de seu chapéu fedora predileto, e só alguns longos cachos dos cabelos caramelos, levemente ondulados por secar naturalmente depois do banho, caíam em cascata sob o chapéu. Meu Deus, aquela mulher era sexy pra caralho. Ela nem precisava se esforçar, e tudo o que eu queria era cair matando em cima dela. Agora que estávamos noivos, pensar nisso não soava como canalhice.

— Senhor? — disse o concierge.

— Ah, sim. Ei — falei, dando uma última olhada em Abby antes de voltar minha total atenção para o cara. — Eu preciso de uma capela. Que fique aberta a noite toda. Classuda.

Ele sorriu.

— É claro, senhor. Temos várias capelas bem aqui no Bellagio. Elas são simplesmente lindas e...

— Por acaso, você não teria o Elvis em uma capela aqui, teria? Eu acho que, se a gente vai se casar em Vegas, o Elvis devia celebrar o nosso casamento, ou pelo menos ser convidado, sabe?

— Não, senhor, eu peço desculpas, mas as capelas do Bellagio não oferecem um sósia do Elvis. No entanto, posso fornecer alguns números de telefone para que o senhor solicite que um apareça em seu casamento. Há também, claro, a mundialmente famosa Capela Graceland, se preferirem. Eles têm pacotes que incluem um sósia do Elvis.

— É classuda?

— Eu tenho certeza de que vocês ficarão muito satisfeitos.

— Ok, essa daí então. O mais rápido possível.

O concierge sorriu.

— Estamos com pressa, não?

Comecei a forçar um sorriso, mas me dei conta de que já estava sorrindo, e provavelmente tinha estado assim, como um idiota, desde a minha chegada à recepção.

— Está vendo aquela garota ali?

Ele olhou para Abby. Rapidamente. Respeitosamente. Gostei dele.

— Sim, senhor. O senhor é um homem de sorte.

— Puta merda, sou mesmo! Vamos agendar o casamento para daqui a duas... talvez três horas? Ela vai precisar de um tempo para pegar algumas coisas e se aprontar.

— Muito atencioso de sua parte, senhor. — Ele apertou algumas teclas e pegou o mouse, movendo-o pela tela e dando alguns cliques. Seu sorriso desapareceu quando ele se concentrou, e então seu rosto se iluminou novamente quando terminou. A impressora zuniu, e em seguida ele me entregou um pedaço de papel. — Aqui está, senhor. Parabéns!

Ele ergueu o punho e eu bati, sentindo como se ele tivesse acabado de me entregar um bilhete de loteria premiado.

4
TRÊS HORAS

Travis

*Abby segurou a minha mão, me puxando com ela enquanto caminhá-*vamos pelo cassino em direção aos elevadores. Eu estava arrastando os pés, tentando dar uma olhada por ali antes de subirmos. Só tinham se passado alguns meses desde a última vez em que estivemos em Vegas, mas dessa vez era menos estressante. Estávamos ali por um motivo muito melhor. Independentemente disso, Abby ainda estava toda concentrada, se recusando a parar por tempo o bastante para eu me sentir confortável demais em volta das mesas. Ela odiava Las Vegas, e tinha um bom motivo para isso, o que me fazia questionar ainda mais por que escolhera ir até ali, mas, já que ela estava em uma missão para se tornar minha esposa, eu é que não ia discutir.

— Trav — ela disse, ofegante. — Os elevadores estão bem... ali... — Ela me puxou mais algumas vezes em direção ao nosso destino final.

— A gente está de férias, Flor. Relaxa.

— Não, nós vamos nos casar e temos menos de vinte e quatro horas para isso.

Apertei o botão do elevador e empurrei a gente para um espaço mais livre ao lado da multidão. Não deveria ser surpreendente que houvesse tantas pessoas terminando a noite quase ao amanhecer, mas até mesmo um cara selvagem de fraternidade como eu poderia ficar impressionado naquele lugar.

— Eu ainda não consigo acreditar — falei.

Levei os dedos dela à boca e os beijei.

Abby ainda estava olhando acima das portas do elevador, observando os números diminuírem.

— Você já disse isso. — Ela olhou para mim e um dos cantos de sua boca se voltou para cima. — Acredite, baby. Estamos aqui.

Meu peito se elevou enquanto meus pulmões se enchiam de ar, me preparando para soltar um longo suspiro. Meus ossos e músculos não ficavam tão relaxados assim fazia muito tempo — ou talvez nunca tenham ficado. Minha mente estava tranquila. Era estranho sentir todas essas coisas, sabendo o que tínhamos acabado de deixar para trás no campus e, ao mesmo tempo, me sentindo tão responsável. Era desorientador e perturbador se sentir feliz em um minuto e como um criminoso no minuto seguinte.

Uma fenda se formou entre as portas do elevador e então elas lentamente se afastaram uma da outra, permitindo que os passageiros saíssem para o corredor. Abby e eu pisamos dentro do elevador juntos, com a nossa pequena mala de lona com rodinhas. Uma mulher estava com uma bolsa grande, uma mala com rodinhas duas vezes maior que a nossa e uma mala vertical com quatro rodinhas na qual caberiam pelo menos duas crianças.

— Está de mudança pra cá? — perguntei a ela. — Legal! — Abby enfiou o cotovelo nas minhas costelas.

A mulher deu uma longa olhada para mim e depois para Abby, e então falou com sotaque francês.

— Não. — E desviou o olhar, claramente descontente por eu ter falado com ela.

Abby e eu trocamos olhares, e então ela arregalou os olhos, silenciosamente dizendo: *Uau, que vaca.* Tentei não rir. Nossa, eu amava aquela mulher e amava saber o que ela estava pensando sem ela dizer uma única palavra.

A francesa fez um movimento de cabeça.

— Pressione o trigésimo quinto andar, por favor.

Quase a cobertura. Claro.

Quando as portas se abriram no vigésimo quarto andar, Abby e eu pisamos meio perdidos no carpete ornamentado, fazendo aquela caminhada em busca do nosso quarto que as pessoas sempre fazem em hotéis. Finalmente, no fundo do corredor, Abby inseriu o cartão na porta e o puxou com rapidez.

A porta fez um clique. A luz ficou verde. Entramos.

Abby acendeu a luz e puxou a bolsa por cima da cabeça, jogando-a na cama king size. Ela sorriu para mim.

— Isso é legal.

Soltei a alça da mala, deixando-a cair no chão, e peguei Abby nos braços.

— Então é isso. Estamos aqui. Quando dormirmos naquela cama mais tarde, seremos marido e mulher.

Abby olhou dentro dos meus olhos, de maneira profunda e pensativa, e então pôs a mão em concha em um dos lados do meu rosto. Um canto de sua boca se ergueu.

— Com certeza, seremos.

Eu não consegui começar a imaginar que pensamentos estariam girando por trás de seus belos olhos cinza, porque, quase que imediatamente, aquele olhar contemplativo desapareceu.

Ela se ergueu na ponta dos pés e me deu um selinho.

— A que horas é o casamento?

Abby

— Em *três horas?*

Mantive os músculos relaxados mesmo com todo meu corpo querendo ficar tenso. Nós estávamos desperdiçando tempo demais, e eu não tinha como explicar ao Travis por que queria acabar logo com aquilo.

Acabar logo com aquilo? Era assim que eu realmente me sentia? Talvez não fosse só o fato de o Travis precisar de um álibi plausível. Talvez eu temesse amarelar se tivesse muito tempo para pensar no que estávamos fazendo.

— É — Travis disse. — Eu imaginei que você precisaria de um tempo para conseguir um vestido e arrumar os cabelos e fazer todas aquelas merdas de garotas. Foi isso... Eu me enganei?

— Não, não, tudo bem. Acho que eu estava pensando que a gente ia chegar e se casar logo, mas você tem razão.

— Nós não vamos ao Red, Flor. Vamos nos casar. Sei que não é numa igreja, mas achei que a gente...

— É. — Balancei a cabeça e fechei os olhos por um segundo, então olhei para ele. — Sim, você está certo. Desculpa. Vou lá embaixo arrumar algo branco, e então volto para me aprontar. Se eu não conseguir encontrar nada por aqui, vou até o Crystals. Tem mais lojas por lá.

Travis veio em minha direção, parando a poucos centímetros de mim. Ele ficou me observando por um bom tempo, o bastante para que eu me sentisse constrangida.

— Me conta — ele sussurrou.

Não importava quanto eu tentasse explicar, Travis me conhecia bem o bastante para saber, com ou sem cara de paisagem, que eu estava escondendo alguma coisa dele.

— Acho que o que você está vendo é exaustão. Eu não dormi em quase vinte e quatro horas.

Ele suspirou, me deu um beijo na testa e foi até o frigobar. Abaixou-se e então se virou, erguendo duas latas de Red Bull.

— Problema resolvido.

— Meu noivo é um gênio.

Ele me entregou uma das latas e depois me tomou em seus braços.

— Eu gosto disso.

— De eu achar você um gênio?

— De ser seu noivo.

— É mesmo? Mas não se acostume. Vou chamar você de algo diferente em três horas.

— Vou gostar ainda mais do novo nome. — Eu sorri, observando Travis abrir a porta do banheiro. — Enquanto você procura um vestido, vou tomar outro banho, fazer a barba e depois tentar encontrar algo para vestir.

— Então você não vai estar aqui quando eu voltar?

— Você quer que eu esteja? É na Capela Graceland, certo? Achei que a gente ia se encontrar lá.

Balancei a cabeça.

— Seria bem legal a gente se ver só na hora, vestidos e preparados para subir ao altar.

— Você vai ficar andando por Las Vegas sozinha por três horas?

— Eu cresci aqui, lembra?

Travis pensou por um momento.

— O Jesse ainda está trabalhando como gerente do cassino?

Ergui uma sobrancelha.

— Não sei. Não tenho falado com ele. Mas, mesmo se estiver, o único cassino do qual estarei próxima é o Bellagio, e apenas por tempo o suficiente para chegar ao nosso quarto.

Travis pareceu satisfeito com isso, e então assentiu.

— Encontro você lá.

Ele piscou para mim e, em seguida, fechou a porta do banheiro.

Agarrei minha bolsa e o cartão-chave do quarto e, depois de dar uma espiada na porta do banheiro, peguei o celular do Travis do criado-mudo.

Ao abrir seus contatos, pressionei o nome de que precisava, enviei uma mensagem de texto para mim mesma com as informações do contato e então deletei a mensagem, no segundo após ter sido enviada. Quando coloquei o celular dele no lugar, a porta do banheiro se abriu e Travis apareceu só de toalha.

— E a certidão de casamento? — ele me perguntou.

— O pessoal da capela vai cuidar disso por uma taxa extra.

Travis assentiu, parecendo aliviado, e então fechou a porta novamente.

Abri rapidamente a porta do quarto e caminhei até o elevador, em seguida ligando para o novo número.

— Por favor, atenda — sussurrei.

A porta do elevador se abriu, revelando uma multidão de jovens mulheres, provavelmente só um pouco mais velhas do que eu. Elas estavam rindo e falando arrastado, metade delas discutindo a noite que tiveram, as outras decidindo se deveriam ir para a cama ou ficar acordadas para não perder o voo de volta para casa.

— Atende, droga! — falei após o primeiro toque. Depois de três toques, ouvi o sinal da caixa postal.

Você ligou para o Trent. Você sabe o que fazer.

— Argh — bufei, deixando minha mão cair sobre a coxa. A porta se abriu e caminhei determinada até as lojas do Bellagio.

Depois de olhar coisas enfeitadas demais, cafonas, com muita renda, muitas contas e muito... muito de tudo, eu finalmente encontrei: o vestido que usaria para me tornar a sra. Maddox. Era branco, claro, e abaixo do joelho. Relativamente simples, pra falar a verdade, exceto pelo decote canoa de tecido transparente e uma fita de cetim branco em volta da cintura. Parei diante do espelho, deixando meus olhos analisarem cada linha e cada detalhe. O vestido era lindo, e eu me senti linda nele. Em poucas horas, eu estaria ao lado de Travis Maddox, observando seus olhos percorrerem cada curva do tecido.

Caminhei ao longo da parede, analisando os diversos véus. Depois de experimentar o quarto, coloquei-o de volta no lugar, confusa. Um véu era algo certinho demais. Inocente demais. Um outro mostruário me chamou a atenção e fui até ele, deixando meus dedos percorrerem as diferentes contas, pérolas, pedras e metais de diversos prendedores de cabelo. Eram menos delicados e mais... a minha cara. Havia tantos sobre a mesa, mas eu acabava sempre voltando a um em particular: um pequeno pente de prata com dúzias de pedrarias de diferentes tamanhos que, de algum jeito, formavam uma borboleta. Sem saber por quê, peguei-o e tive a certeza de que era perfeito.

Os sapatos ficavam no fundo da loja. Eles não tinham uma imensa variedade, mas a minha sorte é que eu não era muito exigente e escolhi o primeiro par de sandálias prateadas de salto alto com tiras que vi. Duas das tiras passavam sobre os meus dedos, e outras duas, ao redor do tornozelo, com um conjunto de pérolas camuflando o fecho. Felizmente tinham a sandália no tamanho 36, e assim eu já estava no último item da minha lista: joias.

Escolhi um simples porém elegante par de brincos de pérola. Na parte de cima, onde se prendiam às orelhas, havia uma pequena zircônia em forma de cubo, chamativa apenas o bastante para uma ocasião especial. Escolhi também um colar combinando. Nunca na vida eu havia desejado me destacar. Aparentemente, nem no meu casamento isso mudaria.

Pensei na primeira vez em que me deparei com o Travis. Ele estava suado, sem camisa e ofegando, e eu, coberta com o sangue de Marek Young. Isso tinha sido só seis meses atrás, e agora íamos nos casar. E eu tinha dezenove anos. Eu tinha só dezenove anos.

Mas que merda eu estou fazendo?

Fiquei parada perto do caixa, observando o recibo sendo impresso com o valor do vestido, dos sapatos, do prendedor de cabelo e das joias, tentando não ter um ataque.

A ruiva atrás do balcão puxou o recibo e o entregou para mim com um sorriso.

— É um lindo vestido. Bela escolha.

— Obrigada — falei.

Eu não tinha certeza se havia ou não sorrido em resposta. Repentinamente confusa, fui embora segurando a sacola contra o peito.

Depois de uma rápida parada na joalheria para pegar uma aliança preta de titânio para Travis, olhei de relance para meu celular e então o joguei de volta na bolsa. Eu não estava perdendo tempo.

Quando entrei no cassino, minha bolsa começou a vibrar. Coloquei a sacola de compras entre as pernas e estiquei a mão para pegar o celular. Depois de dois toques, meus dedos passaram a buscar desesperados, agarrando e jogando tudo para o lado na tentativa de atender a ligação a tempo.

— Alô? — chiei. — Trent?

— Abby? Está tudo bem?

— Tá. — Inspirei enquanto me sentava no chão e me recostava na máquina caça-níqueis mais próxima. — Nós estamos bem. Como você está?

— Andei conversando com a Cami. Ela está bem chateada com o lance do incêndio. Ela perdeu alguns dos clientes regulares.

— Ah, meu Deus, Trent. Eu sinto muito. Não consigo acreditar nisso. Não parece que foi real — falei, sentindo a garganta apertada. — Tinha tanta gente lá. É bem provável que os pais deles ainda nem saibam — levei a mão ao rosto.

— É. — Ele soltou um suspiro, parecendo cansado. — Aquilo lá parece uma zona de guerra. Que barulho é esse? Você está em um fliperama?

Ele pareceu enojado, como se já soubesse a resposta e não conseguisse acreditar que fôssemos tão insensíveis.

— O quê? —falei. — Ah, meu Deus, não. Nós... nós pegamos um voo até Las Vegas.

— *O quê?* — ele disse, irado. Ou talvez apenas confuso, eu não conseguia saber ao certo. Ele se irritava com facilidade.

Eu me encolhi com o tom de desaprovação em sua voz, ciente de que aquilo era só o começo. Eu tinha um objetivo. Precisava colocar meus sentimentos de lado da melhor forma possível até conseguir aquilo pelo que viera a Vegas.

— Só me escuta. É importante. Não tenho muito tempo e preciso da sua ajuda.

— Tá bom. Com o quê?

— Não fale, só me ouça. Promete?

— Abby, para de brincadeira. Fala logo, porra.

— Tinha muita gente naquela luta ontem à noite. Muita gente morreu. Alguém vai ser preso por isso.

— Você está achando que vai ser o Travis?

— Ele e o Adam, sim. Talvez o John Savage e qualquer outra pessoa que acharem que organizou aquilo. Graças a Deus o Shepley não estava na cidade.

— O que vamos fazer?

— Eu pedi o Travis em casamento.

— Humm... ok. E como diabos isso vai ajudar o Travis?

— Nós estamos em Vegas. Talvez, se a gente conseguir provar que estava se casando poucas horas depois daquilo, mesmo que alguns bêbados da fraternidade testemunhem dizendo que ele estava na luta, isso soe maluco o bastante a ponto de criar uma dúvida razoável.

— Abby — ele suspirou.

O choro ficou preso na minha garganta.

— Não diga isso. Se você acha que não vai dar certo, apenas não me diga, tá bom? Foi tudo que consegui pensar, e, se o Travis descobrir por que eu estou fazendo isso, ele vai se recusar.

— É claro que vai, Abby. Eu sei que você está com medo, mas isso é loucura. Você não pode se casar com ele para mantê-lo fora de confusão. De qualquer forma, isso não vai dar certo. Vocês só saíram depois da luta.

— Eu falei para você não dizer isso.

— Desculpa. O Travis também não ia querer que você fizesse isso. Ele iria gostar se você casasse com ele porque quer. Se algum dia ele descobrir, isso vai partir o coração dele.

— Não se desculpe, Trent. Isso vai funcionar. Pelo menos vai dar a ele uma chance. É uma chance, certo? Melhor que antes.

— Acho que sim — ele disse, soando derrotado.

Suspirei e depois assenti, cobrindo a boca com a minha mão livre. As lágrimas embaçaram a minha visão, fazendo com que o chão do cassino parecesse um caleidoscópio. Uma chance era melhor que nada.

— Parabéns — ele disse.

— Parabéns! — Cami disse ao fundo. A voz dela parecia cansada e rouca, mas eu tinha certeza de que ela estava sendo sincera.

— Obrigada. Me mantenha informada. Avise se eles sondarem os arredores da casa, ou se ficar sabendo de alguma coisa sobre uma investigação.

— Vou fazer isso... e é estranho pra caralho que o nosso irmão caçula seja o primeiro a se casar.

Dei risada uma vez.

— Você vai superar.

— Vai se ferrar. E eu amo você.

— Amo você também, Trent.

Segurei o celular no colo com as duas mãos, observando as pessoas passarem por mim e me encararem. Obviamente, elas se perguntavam por que eu estava sentada no chão, mas não a ponto de me perguntar.

Eu me levantei, peguei a bolsa e a sacola de compras e respirei fundo.

— Lá vem a noiva — falei, dando os primeiros passos.

5
PEGA

Travis

Eu me sequei, escovei os dentes e vesti um shorts, uma camiseta e meu Nike. Pronto. Cacete, era muito bom ser homem. Eu não conseguia imaginar ter de passar secador no cabelo por meia hora e depois queimá-lo com uma coisa quente de ferro qualquer e ainda gastar de quinze a vinte minutos fazendo maquiagem para só depois se vestir. Chave. Carteira. Celular. Pra fora. Abby tinha dito que havia algumas lojas lá embaixo, mas deu a entender que não devíamos nos ver até o casamento, então eu segui para a The Strip.

Mesmo quando se está com pressa, se as fontes do Bellagio estiverem dançando, é antiamericano deixar de parar e ficar ali deslumbrado. Acendi um cigarro e baforei nela, descansando os braços sobre o amplo peitoril de concreto que cercava a plataforma de observação. Assistir à água se inclinando e dando rajadas ao ritmo da música me fez lembrar da última vez em que estive aqui parado com Shepley enquanto Abby detonava quatro ou cinco jogadores experientes de pôquer.

Shepley. Eu estava contente demais por ele não estar naquela luta. Se eu o tivesse perdido, ou se ele tivesse perdido America, nem sei se Abby e eu estaríamos aqui. Uma perda como essa alteraria toda a dinâmica da nossa amizade. Shepley não conseguiria ficar perto da Abby e de mim sem a America, e America não conseguiria ficar com a gente sem o Shepley. A Abby não conseguiria ficar sem a America por perto. Se não tivessem decidido passar a semana do saco cheio com os pais dele, eu poderia estar sofrendo pela perda do Shepley em vez de estar me preparando para o nosso casamento. Pensar em telefonar para o tio Jack e para a tia Deana com a notícia da morte do único filho me deu frio na espinha.

Balancei a cabeça e afastei o pensamento da mente enquanto me lembrava do momento antes de eu ter ligado para o celular do meu pai, parado na frente do Keaton, a fumaça saindo pelas janelas. Alguns dos bombeiros estavam segurando a mangueira para jogar água lá dentro, outros traziam sobreviventes para fora. Eu me lembrei da sensação: saber que teria de dizer ao meu pai que o Trent estava desaparecido e provavelmente morto. Que meu irmão tinha corrido na direção errada na confusão, e Abby e eu estávamos do lado de fora sem ele. Pensamentos do que aquilo teria feito com o meu pai e com toda a nossa família me fizeram sentir enjoo. Meu pai era o homem mais forte que eu conhecia, mas ele não aguentaria perder mais ninguém.

Meu pai e o Jack comandavam nossa cidade quando estavam no ensino médio. Foram a primeira geração dos irmãos Maddox, os fodões. Em cidades universitárias, os habitantes locais ou começavam brigas ou eram provocados. Jim e Jack Maddox nunca passaram pela segunda situação, e conheceram na faculdade e se casaram com as duas únicas garotas que conseguiam lidar com eles: Deana e Diane Hempfling. Sim, irmãs, fazendo de mim e do Shepley primos duas vezes. Provavelmente foi bom Jack e Deana terem parado no primeiro filho, com a minha mãe tendo cinco garotos indisciplinados. Estatisticamente, nossa família devia ter uma menina, e eu não tenho certeza se o mundo seria capaz de lidar com uma Maddox. Todas as brigas e a raiva, mais estrogênio? Ia sair morte.

Quando Shepley nasceu, o tio Jack se acalmou. Shepley era um Maddox, mas tinha o temperamento da mãe. Thomas, Tyler, Taylor, Trenton e eu tínhamos o pavio curto como o nosso pai, mas o Shepley era calmo. Nós éramos melhores amigos. Ele era um irmão que vivia em uma casa diferente, e se parecia mais com o Thomas que o restante de nós. Todos nós partilhávamos o mesmo DNA.

O espetáculo na fonte foi diminuindo e eu saí andando, vendo a placa indicativa da Crystals. Se eu conseguisse entrar e sair rápido de lá, talvez a Abby ainda estivesse nas lojas do Bellagio e não me visse.

Aumentei o ritmo, me esquivando dos turistas muito bêbados e cansados. Uma curta passagem pela escada rolante e, uma ponte depois, eu estava dentro do alto shopping center. Havia ali retângulos de vidro exibindo coloridos tornados de água, lojas de primeira linha e a mesma estranha variedade de gente. De famílias a strippers. Só em Vegas...

Entrei e saí de uma loja de ternos sem nenhuma sorte, e então caminhei até encontrar uma loja da Tom Ford. Em dez minutos, encontrei e experimentei o terno cinza perfeito, mas tive dificuldade em achar uma gravata.

— Foda-se — eu disse, levando o terno e uma camisa social branca até o caixa. Quem disse que o noivo tem que usar gravata?

Saindo do shopping, avistei um par de All Star Converse preto na vitrine. Entrei, pedi o meu tamanho, experimentei e abri um sorriso.

— Vou levar — falei para a vendedora.

Ela sorriu com uma expressão nos olhos que teria me deixado com tesão seis meses atrás. Uma mulher me olhando daquele jeito geralmente significava que tentar transar com ela tinha acabado de ficar mil vezes mais fácil. Aquele olhar implorava: me leva pra casa.

— Ótima escolha — disse ela com a voz suave, em tom de flerte. Os cabelos escuros eram longos, espessos e brilhantes. Provavelmente metade de seu 1,50 metro. Ela tinha uma sofisticada beleza asiática, envolta em um vestido justo e saltos altíssimos. Os olhos eram afiados, calculistas. Ela era exatamente o tipo de desafio que meu antigo eu teria aceitado com felicidade. — Você vai ficar muito tempo aqui em Vegas?

— Só alguns dias.

— É a sua primeira vez?

— Segunda.

— Ah. Eu ia me oferecer para te mostrar a cidade.

— Eu vou me casar usando esses sapatos em poucas horas.

Minha resposta apagou o desejo em seus olhos, e ela abriu um sorriso agradável, mas perdera claramente o interesse.

— Parabéns.

— Obrigado — falei, pegando o recibo e a sacola com a caixa de sapatos.

Saí da loja, me sentindo muito melhor comigo mesmo do que se estivesse ali em uma viagem só de caras e a levasse para o meu quarto no hotel. Naquela época, eu não conhecia o amor. Seria incrível pra caralho ir para casa, encontrar a Abby todas as noites e ser recebido com uma expressão de amor nos olhos. Nada seria melhor que inventar novas maneiras de fazê-la se apaixonar por mim mais uma vez. Agora eu vivia para essa merda, e era muito mais gratificante.

Cerca de uma hora depois de ter saído do Bellagio, eu já tinha escolhido um terno e uma aliança de ouro para Abby e estava de volta onde eu tinha começado: nosso quarto no hotel. Eu me sentei na beirada da cama e peguei o controle remoto, apertando o botão para ligar a TV antes de me curvar para desamarrar os tênis. Uma cena familiar apareceu na tela. Era o Keaton, isolado com uma fita amarela e ainda soltando fumaça. Os tijolos em torno das janelas estavam chamuscados, e o chão em volta do lugar, saturado de água.

O repórter entrevistava uma garota chorosa, que dizia que sua colega de quarto não voltara ao dormitório e ela ainda estava esperando para saber se a amiga estava entre os mortos. Eu não podia mais aguentar aquilo. Cobri o rosto com as mãos e repousei os cotovelos nos joelhos. Meu corpo tremia enquanto eu lamentava a morte de amigos e de todas as pessoas que eu não conhecia, enquanto me desculpava repetidas vezes por ser o motivo pelo qual eles estavam ali e por ser um merda de um canalha, escolhendo a Abby em vez de me entregar à polícia. Quando eu não conseguia mais chorar, fui para o chuveiro e fiquei ali sob a água fumegante até voltar ao estado de espírito em que Abby precisava que eu estivesse.

Ela não queria me ver até a hora do casamento, então tirei aquelas merdas da cabeça, me vesti, passei colônia, amarrei meus tênis novos e saí. Antes de deixar a porta fechar, dei uma longa e última olhada no quarto. Da próxima vez em que eu passasse por aquela porta, seria o marido de Abby. Essa era a única coisa que tornava minha culpa tolerável. A adrenalina disparou pelas minhas veias e meu coração começou a golpear o peito. O resto da minha vida estava a poucas horas de distância.

O elevador se abriu e eu segui pelo carpete com estampa berrante até o cassino. O terno fazia com que eu me sentisse o máximo, e as pessoas me encaravam, se perguntando aonde o babaca bem-vestido iria de All Star Converse. Quando eu estava quase no meio do cassino, notei uma mulher sentada no chão com sacolas de compras chorando ao celular. Parei imediatamente. Era Abby.

Por instinto, dei um passo para o lado, me escondendo parcialmente atrás de uma fileira de máquinas caça-níqueis. Com a música, os bipes e as conversas, eu não conseguia ouvir o que ela estava dizendo, mas meu sangue congelou. Por que ela estava chorando? Para quem ela estava chorando? Ela não queria se casar comigo? Eu deveria ir confrontá-la? Deveria só esperar e rezar para que ela não desistisse?

Abby se recompôs e levantou, com dificuldade para segurar as sacolas. Tudo em mim queria correr até ela e ajudar, mas eu estava com medo. Eu estava aterrorizado que, se me aproximasse dela naquele instante, ela pudesse me dizer a verdade, e eu temia ouvi-la. O canalha egoísta em mim entrou em ação e deixei que ela partisse.

Uma vez que Abby estava fora do meu campo de visão, me sentei em uma banqueta de uma máquina caça-níqueis e saquei o maço de cigarros do bolso interno do paletó. Acendi o isqueiro e a ponta do cigarro fez um som sibilante antes de reluzir, vermelha, enquanto eu dava uma longa tragada. O que eu ia fazer se Abby mudasse de ideia? A gente consegue se recuperar de uma coisa dessas? Independentemente da resposta, eu teria de descobrir um jeito. Mesmo se ela não conseguisse encarar o casamento, eu não poderia perdê-la.

Fiquei sentado ali por um bom tempo, enfiando dólares na máquina enquanto uma garçonete me trazia drinques grátis. Depois de quatro, eu a dispensei com um aceno. Ficar bêbado antes do casamento não resolveria merda nenhuma. Talvez fosse por isso que Abby estivesse mudando de ideia. Amá-la não era o bastante. Eu precisava crescer, arrumar um emprego de verdade, parar de beber, de lutar e controlar a merda da minha raiva. Fiquei sentado sozinho no cassino, prometendo em silêncio que faria todas essas mudanças, e elas começariam bem naquele momento.

Meu alarme tocou. Faltava apenas uma hora para o casamento. Enviei uma mensagem de texto a Abby, preocupado em relação a como ela poderia me responder.

Sinto sua falta

Abby

Eu sorri para o visor do celular ao ver que a mensagem era do Travis. Enviei uma resposta, sabendo que palavras não transmitiriam o que eu estava sentindo.

Eu: Tb sinto sua falta

Travis: Menos de uma hora. Vc tá pronta?

Eu: Ainda ñ. E vc?

Travis: Caramba, sim. Estou pato pra caralho! Quando me vir, vc vai querer casar cmg, ctza

Eu: Pato?

Travis: Gato* merda de corretor. Foto?

Eu: Não! Dá azar!

Travis: Vc é a lucky 13. Vc tem sorte.

Eu: Vc vai casar cmg, então claramente não tem. E ñ me chama disso.

Travis: Amo vc, baby.

Eu: Amo vc tb. Logo a gente se vê.

Travis: Nervosa?

Eu: Claro. Vc ñ?

Travis: Só c/ medo de vc desistir.

Eu: Desistir ñ faz parte do meu vocab.

Travis: Eu queria poder explicar como estou feliz agora.

Eu: Ñ precisa. Consigo imaginar.

Travis: :)

Coloquei o celular na bancada do banheiro e me olhei no espelho, retocando o gloss em meu lábio inferior. Depois de prender a última mecha de cabelo para trás, fui até a cama, onde eu havia colocado o vestido. Não era o vestido de noiva que meu eu interior de dez anos teria escolhido, mas era bonito, e o que estávamos prestes a fazer era bonito também. Até o motivo pelo qual eu estava fazendo isso era bonito. Eu poderia pensar em razões muito menos nobres para se casar. E, além disso, a gente se amava. Casar assim tão novos seria mesmo algo tão terrível? Antigamente as pessoas faziam isso o tempo todo.

Sacudi a cabeça, tentando me desvencilhar das dezenas de emoções conflitantes que giravam na minha mente. Por que ficar indo e voltando? Isso estava acontecendo e nós estávamos apaixonados. Loucura? Sim. Errado? Não.

Coloquei o vestido e subi o zíper, parada diante do espelho.

— Bem melhor — falei.

Na loja, por mais adorável que o vestido fosse, sem o cabelo arrumado e a maquiagem, ele não parecia adequado. Com os lábios vermelhos e cílios pintados, o visual estava completo.

Prendi a borboleta brilhante na base dos cachos bagunçados que compunham meu coque lateral e enfiei os pés na sandália de tiras. Bolsa. Celular. Anel do Trav. A capela teria todo o resto. O táxi estava me esperando.

Mesmo com milhares de mulheres se casando em Las Vegas todo ano, isso não impediu que todos ficassem me encarando enquanto eu cruzava o cassino vestida de noiva. Alguns sorriram, outros apenas observaram, mas isso tudo me deixou desconfortável. Quando meu pai perdeu seu último jogo profissional, depois de quatro consecutivos, e anunciou publicamente que a culpa era minha, eu recebi atenção o bastante por duas vidas. Por causa de palavras ditas em um estado de frustração, ele criara a "Lucky Thirteen" e me concedera um inacreditável fardo a ser carregado. Até quando minha mãe finalmente decidiu largar o Mick e nos mudamos para Wichita três anos depois, começar de novo parecia impossível. Desfrutei duas semanas inteiras como uma desconhecida antes que o primeiro repórter local descobrisse quem eu era e se aproximasse de mim no gramado do meu colégio. Só foi preciso que uma garota detestável passasse uma única hora de uma sexta-feira à noite no Google para descobrir por que alguém da imprensa se importaria em conseguir uma manchete intitulada "Onde ela está agora?". A segunda metade da minha experiência no ensino médio estava arruinada. Até mesmo com uma tagarela briguenta como melhor amiga.

Quando America e eu fomos para a faculdade, eu queria ser invisível. Até o dia em que conheci Travis, eu estava curtindo imensamente meu recém-descoberto anonimato.

Baixei o olhar para me desviar do milésimo par de olhos me observando com atenção e me perguntei se estar com Travis sempre me faria sentir notável.

6
MORTO OU VIVO

Travis

A porta da limusine bateu com força atrás de mim.

— Ah, merda. Foi mal. Estou nervoso.

O motorista acenou.

— Sem problemas. Vinte e dois dólares, por favor. Trago a limusine de volta. É nova. Branca. Ela vai gostar.

Eu lhe entreguei trinta.

— Então esteja de volta em uma hora e meia, certo?

— Sim, senhor! Nunca me atraso!

Ele se afastou e eu me virei. A capela estava iluminada, brilhando em contraste com o céu da madrugada. Faltava talvez meia hora para o sol nascer. Eu sorri. Abby ia amar isso aqui.

A porta da frente se abriu e um casal saiu. Era um casal de meia-idade, mas ele estava de fraque e ela com um vestido de noiva imenso. Uma mulher baixinha de vestido rosa acenava para eles, e então me notou ali.

— Travis?

— Sim — falei, abotoando o paletó.

— Eu poderia devorar você todinho. Espero que a sua noiva aprecie como você está gato!

— Ela é mais bonita que eu.

A mulher soltou uma gargalhada.

— Eu sou a Chantilly. Sou eu que coordeno as coisas por aqui. — Ela apoiou os punhos cerrados nas laterais do corpo, em algum lugar na área dos quadris. Era tão larga quanto alta, e seus olhos estavam quase ocultos sob espessos cílios postiços. — Entre, querido! Entre, entre! — disse ela, me apressando para entrar na capela.

A recepcionista na mesa me deu um sorriso e uma pequena pilha de documentos. Sim, queremos um DVD. Sim, queremos flores. Sim, queremos o Elvis. Preenchi os espaços apropriados, anotei nosso nome e as informações necessárias e então devolvi a papelada a ela.

— Obrigada, sr. Maddox — a recepcionista disse.

Minhas mãos suavam, eu não conseguia acreditar que estava ali.

Chantilly deu uns tapinhas no meu braço, quer dizer, no meu pulso, porque isso era o mais alto que ela conseguia alcançar.

— Por aqui, querido. Você pode esperar sua noiva aqui. Qual é o nome dela?

— Hum... Abby... — falei, passando pela porta que Chantilly havia aberto.

Dei uma olhada em volta, notando a poltrona e o espelho cercado por mil lâmpadas imensas. O papel de parede era cheio de detalhes, mas bonito, e tudo parecia refinado, exatamente como a Abby queria.

— Eu aviso quando ela chegar — me disse Chantilly, dando uma piscadela. — Você precisa de alguma coisa? Água?

— Sim, seria ótimo — falei, me sentando.

— Já volto — ela cantarolou alegremente enquanto saía da sala e fechava a porta. Eu podia ouvi-la sussurrando corredor abaixo.

Eu me reclinei na poltrona, tentando processar o que tinha acabado de acontecer e me perguntando se Chantilly havia engolido um daqueles energéticos que deixam a pessoa ligadona, ou se ela era assim mesmo, tão animada, por natureza. Mesmo sentado, meu coração espancava o peito. É por isso que as pessoas têm padrinhos: para ajudá-las a manter a calma antes do casamento. Pela primeira vez desde que aterrissamos, desejei que o Shepley e os meus irmãos estivessem ali comigo. Eles estariam me falando todo tipo de merda, me ajudando a manter a mente longe do fato de que meu estômago implorava para ser esvaziado pela boca.

A porta se abriu.

— Aqui está você! Mais alguma coisa? Você parece um pouco nervoso. Você comeu?

— Não. Não tive tempo.

— Ah, você não pode desmaiar no altar! Eu vou trazer queijo e biscoitos, e talvez um pratinho de frutas?

— Ah, claro, obrigado — falei, ainda um pouco desconcertado com o entusiasmo de Chantilly.

Ela se afastou, fechou a porta e eu estava sozinho outra vez. Minha cabeça pendeu para trás na poltrona, meus olhos captavam diferentes formas na textura da parede. Eu ficaria grato por qualquer coisa que não me fizesse ficar olhando toda hora para o relógio. Será que ela viria? Fechei os olhos, me recusando a pensar nesse tipo de coisa.

Ela me amava. Eu confiava nela. Ela estaria ali. Droga, como eu gostaria que os meus irmãos estivessem aqui. Eu estava enlouquecendo.

Abby

— *Ah, como você está linda* — *disse a motorista enquanto eu deslizava no banco traseiro do táxi.*

— Obrigada — falei, me sentindo aliviada por estar fora do cassino. — Capela Graceland, por favor.

— Vocês queriam começar o dia casados ou o quê? — a motorista disse, sorrindo para mim pelo espelho retrovisor.

Ela tinha cabelos curtos e grisalhos, e seu traseiro ocupava totalmente o assento e ainda sobrava um pouco.

— Foi o mais rápido que conseguimos marcar.

— Você é tão nova para estar com tanta pressa assim.

— Eu sei — falei, observando Las Vegas passar por mim do lado de fora da janela.

Ela estalou a língua.

— Você parece bem nervosa. Se estiver em dúvida, é só dizer. Eu não me importo de dar meia-volta. Sem problemas, querida.

— Eu não estou nervosa porque vou me casar.

— Não?

— Não, a gente se ama. Não estou nervosa quanto a isso. Eu só quero que ele fique bem.

— Você acha que ele tem dúvidas?

— Não — falei, rindo uma vez. Meus olhos encontraram os dela no espelho. — Você é casada?

— Eu me casei uma ou duas vezes — disse ela, piscando para mim. — E da primeira vez foi na mesma capela em que você vai se casar. O Bon Jovi também casou lá.

— Ah, é?

— Você conhece o Bon Jovi? *Tommy used to work on the docks!* — ela cantou, para minha surpresa.

— É! Já ouvi falar dele — falei, entretida e grata pela distração.

— Eu simplesmente amo o Bon Jovi! Aqui, eu tenho o CD.

Ela o colocou para tocar e, pelo restante do trajeto, nós ouvimos os maiores hits do Bon Jovi. "Wanted Dead or Alive", "Always", "Bed of Roses". "I'll Be There for You" estava quase no final quando estacionamos junto ao meio-fio na frente da capela.

Saquei uma nota de cinquenta dólares.

— Fique com o resto. O Bon Jovi ajudou.

Ela me devolveu o troco.

— Nada de gorjeta, querida. Você me deixou cantar.

Fechei a porta e acenei enquanto ela partia com o táxi. Será que o Travis já estava ali? Caminhei em direção à capela e abri a porta. Uma mulher mais velha com cabelo grande e brilho labial em excesso me saudou:

— Abby?

— Sim — falei, incomodada com o vestido.

— Você está deslumbrante. Meu nome é Chantilly, e vou ser uma de suas testemunhas. Me deixe pegar suas coisas. Vou guardá-las em segurança até que tenham terminado.

— Obrigada — falei, observando-a se afastar com a minha bolsa. Alguma coisa fazia barulho conforme ela andava, embora eu não conseguisse

sacar exatamente o quê. Ela era tão larga quanto alta. — Ah, espere! O...
— falei, vendo-a voltar na minha direção e estendendo a bolsa. — O anel
do Travis está aí dentro. Desculpa.

Seus olhos mal eram duas fendas quando ela sorriu, fazendo com
que seus cílios postiços ficassem ainda mais evidentes.

— Tudo bem, querida. Só respire.

— Eu não lembro como se faz isso — falei, deslizando o anel dele
pelo meu polegar.

— Aqui — ela disse, estendendo a mão. — Me dê a sua aliança e a
dele. Eu entregarei a vocês quando for a hora. O Elvis vai estar aqui em
breve para acompanhar você até o altar.

Olhei para ela, pálida.

— O Elvis.

— Como em *Elvis, o rei*.

— Sim, eu sei quem é Elvis, mas... — Minhas palavras se arrastaram
enquanto eu tirava a aliança do dedo com um leve puxão e a colocava
na palma da mão dela, ao lado da do Travis.

Chantilly abriu um sorriso.

— Você pode usar essa sala para dar os últimos retoques. O Travis
está esperando, então o Elvis vai bater à sua porta a qualquer minuto. A
gente se vê no altar!

Ela ficou me olhando enquanto fechava a porta. Eu me virei, assus-
tada com o meu próprio reflexo no imenso espelho atrás de mim. Nas
bordas, havia grandes lâmpadas redondas, daquelas que poderiam ser
usadas por uma atriz antes de um show na Broadway. Eu me sentei na
frente da penteadeira, me encarando no espelho. Era isso que eu era?
Uma atriz?

Ele estava me esperando. Travis estava na capela, esperando que eu
me juntasse a ele para que pudéssemos prometer o restante de nossa vida
um ao outro.

E se meu plano não desse certo? E se ele fosse parar na cadeia e isso
tudo não tivesse servido para nada? E se nem tivessem pensado em acusar
o Travis, e eu tivesse feito tudo isso à toa? Eu não teria mais a desculpa

de ter me casado antes mesmo de ter idade legal para beber porque o estava salvando. Eu precisava de uma desculpa se o amava? Por que as pessoas se casam? Por amor? Isso tínhamos aos montes. Eu estava tão certa de tudo no começo. Costumava ter certeza de tantas coisas. Eu não tinha certeza agora. De nada.

Pensei na expressão do Travis se ele viesse a descobrir a verdade, e então pensei no que a cadeia faria com ele. Eu nunca quis magoá-lo e precisava dele como uma parte de mim. Dessas duas coisas eu tinha certeza.

Duas batidas à porta quase me fizeram ter um ataque de pânico. Eu me virei, me agarrando ao encosto da cadeira. Ela era branca, de metal, e suas espirais e curvas formavam um coração no meio.

— Senhorita? — Elvis disse com um forte sotaque sulista. — Está na hora.

— Ah — sussurrei. Não sei por quê, ele não conseguia me ouvir.

— Abby? Seu *hunka hunka burnin' love* está pronto pra você.

Revirei os olhos.

— Eu só... preciso de um minuto.

Ficou silencioso do outro lado da porta.

— Está tudo bem?

— Sim — respondi. — Só um minuto, por favor.

Depois de um tempo, ouvi mais uma batida à porta.

— Abby? — Era Chantilly. — Posso entrar, querida?

— Não. Sinto muito, mas não. Eu vou ficar bem. Só preciso de mais um tempinho e estarei pronta.

Depois de mais cinco minutos, três batidas à porta fizeram com que gotas de suor se formassem na linha dos meus cabelos. Essas batidas eram familiares. Fortes. Mais confiantes.

— Flor?

7
DINHEIRO VIVO

Travis

A porta se abriu com tudo.

— Ela está aqui! Eu acabei de levá-la ao quarto de vestir para que pudesse se preparar. Você está pronto?

— Tô! — falei, me levantando com um pulo. Sequei as palmas suadas na calça e acompanhei Chantilly até o corredor rumo ao salão. Parei.

— Por aqui, querido — Chantilly disse, me encorajando a seguir em direção às portas duplas que davam para a capela.

— Onde ela está? — perguntei.

Chantilly apontou.

— Ali dentro. Assim que ela estiver pronta, vamos começar. Mas você tem que ficar no fundo da capela, querido.

O sorriso dela era doce e paciente. Imaginei que ela já devia ter lidado com todos os tipos de situações, de bêbados a apavorados. Depois de dar uma última olhada para a porta do quarto de vestir de Abby, acompanhei Chantilly pela nave da capela, e ela me deu as coordenadas de onde ficar. Enquanto ela falava, um homem de costeletas grossas fantasiado de Elvis abriu a porta em um estilo grandioso, curvando os lábios enquanto cantarolava "Blue Hawaii".

— Cara, eu adoro Vegas! Você gosta de Vegas? — ele disse, em sua excelente imitação de Elvis.

Abri um sorriso.

— Hoje eu gosto.

— Não há nada melhor que isso! A srta. Chantilly disse tudo o que você precisa saber para se tornar um senhor de respeito esta manhã?

— É, acho que sim.

Ele deu um tapa nas minhas costas.

— Não esquenta, camarada, você vai se sair bem. Vou buscar a sua senhora. Volto já.

Chantilly sorriu.

— Ah, esse Elvis!

Alguns minutos depois, Chantilly deu uma olhada no relógio e voltou pela nave em direção às portas duplas.

— Isso acontece o tempo todo — o juiz de paz me garantiu.

Depois de mais cinco minutos, ela enfiou a cabeça por entre as portas.

— Travis? Eu acho que ela está um pouco... nervosa. Você quer tentar falar com ela?

Merda.

— Quero — falei.

A nave da capela parecia curta antes, mas agora era como se tivesse um quilômetro. Passei pelas portas duplas e ergui o punho cerrado. Fiz uma pausa, inspirei e então bati algumas vezes à porta.

— Flor?

Depois do que pareceram duas eternidades, Abby finalmente falou do outro lado da porta.

— Estou aqui.

Mesmo estando a poucos centímetros de distância, parecia que ela estava a quilômetros dali, como na manhã depois que levei aquelas duas garotas do bar para casa. Só de pensar naquela noite, senti a náusea queimando meu estômago. Eu não me sentia mais a pessoa que eu era naquela época.

— Você está bem, baby? — perguntei.

— Sim, eu só... fui apressada. Preciso de um instante para respirar.

Ela parecia qualquer coisa, menos bem. Eu estava determinado a manter a cabeça no lugar, a lutar contra o pânico que costumava me levar a fazer todo tipo de idiotices. Eu precisava ser o homem que a Abby merecia.

— Tem certeza que é só isso?

Ela não respondeu.

Chantilly pigarreou e torceu as mãos, claramente tentando pensar em algo encorajador a dizer.

Eu precisava estar do outro lado daquela porta.

— Flor... — falei, seguido de uma pausa. O que eu diria a seguir poderia mudar tudo, mas fazer com que ficasse tudo bem para Abby estava acima das minhas necessidades epicamente egoístas. — Eu sei que você sabe que eu te amo. O que você precisa saber é que não tem nada que eu queira mais do que ser seu marido. Mas, se você não estiver pronta, eu espero, Beija-Flor. Eu não vou a lugar nenhum. Quer dizer, eu quero fazer isso, mas só se você quiser. Eu só... eu preciso que você saiba que pode abrir a porta e podemos ir até o altar, ou podemos pegar um táxi e ir pra casa. Eu amo você, de qualquer forma.

Depois de outra longa pausa, eu sabia que estava na hora. Saquei do bolso interno do paletó um envelope velho e surrado e o segurei com as duas mãos. A escrita desbotada formava curvas e eu as acompanhei com o indicador. Minha mãe havia escrito as palavras "À futura sra. Travis Maddox". Meu pai me entregara este envelope quando achou que as coisas entre mim e Abby estavam ficando sérias. Eu só tinha pegado essa carta uma vez desde então, me perguntando o que estaria escrito ali, mas nunca cometendo a traição de abrir o selo. Aquelas palavras não eram endereçadas a mim.

Minhas mãos tremiam. Eu não fazia ideia do que minha mãe tinha escrito, mas precisava tanto dela agora, e tinha esperança de que, dessa única vez, ela de alguma forma pudesse me ajudar de onde estivesse. Eu me agachei, deslizando o envelope sob a porta.

Abby

Flor. Essa palavra costumava me fazer revirar os olhos. Para começo de conversa, eu não sabia por que ele tinha começado a me chamar assim, e não me importava com isso. Agora, o estranho apelido que Travis me dera sendo dito com sua rouca e profunda voz fez meu corpo todo relaxar. Eu me levantei e caminhei até a porta, pousando a palma da mão na madeira.

— Estou aqui.

Eu podia ouvir minha respiração, sibilante, lenta, como se eu estivesse dormindo. Cada parte do meu ser estava relaxada. Suas cálidas palavras caíam lentamente ao meu redor, como se fossem um aconchegante cobertor. Não importava o que aconteceria depois que chegássemos em casa, contanto que eu fosse a esposa do Travis. Foi então que entendi que, se estivesse ou não fazendo isso para ajudá-lo, eu estava ali para me casar com o homem que me amava mais do que qualquer outro homem já amou uma mulher. E eu o amava — o bastante para três vidas. Na Capela Graceland, neste vestido, era quase exatamente onde eu queria estar. O único lugar melhor seria ao lado dele, no altar.

Naquele instante, um pequeno retângulo branco surgiu aos meus pés.

— O que é isso? — perguntei, me curvando para pegá-lo. O papel era velho e amarelado. E endereçado à futura sra. Travis Maddox.

— É da minha mãe — Travis disse.

Fiquei sem ar. Eu quase não queria abri-lo, obviamente tinha sido selado e mantido em segurança por tanto tempo.

— Abre — ele falou, parecendo ler os meus pensamentos.

Deslizei com cuidado o dedo por entre a abertura do envelope, na esperança de preservá-lo o máximo possível, mas fracassei miseravelmente. Abri o papel dobrado em três, e o mundo inteiro parou.

Nós não nos conhecemos, mas eu sei que você deve ser muito especial. Não posso estar aí hoje, para ver meu bebê prometer seu amor a você, mas há algumas coisas que eu acho que poderia dizer se estivesse aí.

Em primeiro lugar, obrigada por amar o meu filho. De todos os meus meninos, o Travis é o que tem o coração mais terno. E também é o mais forte. Ele vai amá-la de todo o coração enquanto você permitir. Tragédias na vida às vezes nos mudam, mas algumas coisas nunca mudam.

Um garoto sem mãe é uma criatura muito curiosa. Se o Travis for um pouco que seja parecido com o pai, e sei que é, ele é um profundo oceano de fragilidade protegido por uma espessa muralha de palavrões e indiferença dissimulada. Um garoto Maddox leva você completamente ao limite, mas, se você for com ele, ele vai segui-la para qualquer lugar.

Meu maior desejo é que eu pudesse estar aí hoje. Eu gostaria de poder ver o rosto dele quando der esse passo com você, e gostaria de poder estar com meu marido e vivenciar esse dia com todos vocês. Acho que essa é uma das coisas das quais mais vou sentir falta. Mas o dia de hoje não é sobre mim. O fato de você estar lendo esta carta significa que meu filho ama você. E, quando um Maddox se apaixona, é para sempre.

Por favor, dê um beijo no meu bebê por mim. Meu desejo para vocês é que a maior briga que tenham seja em relação a qual dos dois é mais capaz de perdoar.

Com amor,
Diane

— Beija-Flor?

Segurei a carta junto ao peito com uma das mãos e abri a porta com a outra. A cara do Travis estava fechada, marcada pela preocupação, mas, no segundo em que os olhos dele encontraram os meus, a preocupação se dissipou.

Ele parecia impressionado ao me ver.

— Você está... Eu acho que não existe uma palavra para expressar quanto você está linda.

Seus doces olhos castanhos, sombreados pelas espessas sobrancelhas, me acalmaram. As tatuagens estavam ocultas sob o paletó cinza e a camisa social branca engomada. Meu Deus, ele era a perfeição. Era sexy, valente, terno, e Travis Maddox era meu. Tudo o que eu precisava fazer era subir ao altar com ele.

— Estou pronta.

— O que ela disse?

Minha garganta ficou apertada, para não deixar escapar o choro. Dei um beijo na bochecha dele.

— Esse beijo é dela.

— É? — ele falou, com um suave sorriso no rosto.

— E ela acertou em cheio a respeito de todas as coisas maravilhosas sobre você, mesmo sem ter acompanhado seu crescimento. Ela é tão maravilhosa, Travis. Eu gostaria de ter conhecido a sua mãe.

— Eu gostaria que ela tivesse conhecido você. — Ele fez uma pausa por um instante e ergueu as mãos.

A manga do paletó desceu alguns centímetros, deixando à mostra a tatuagem BEIJA-FLOR.

— Vamos dormir e pensar nisso depois. Você não tem que decidir nada agora. Vamos voltar para o hotel, pensar nisso e... — Ele soltou um suspiro, deixando os braços e os ombros desmoronarem. — Eu sei, isso é loucura. É que eu queria tanto isso, Abby. Essa loucura é a minha sanidade. A gente pode...

Eu não suportava vê-lo tropeçando nas palavras e se esforçando daquele jeito.

— Baby, para — falei, colocando três dedos sobre a boca dele. — Só para.

Ele ficou me observando. Esperando.

— Só para ficar claro, não vou sair daqui até que você seja meu marido.

A princípio, as sobrancelhas dele se juntaram, incertas, e então ele abriu um sorriso cauteloso.

— Tem certeza?

— Onde está o meu buquê?

— Ah! — disse Chantilly, distraída com a discussão. — Aqui, querida.

Ela me entregou um maço perfeitamente redondo de rosas vermelhas. Elvis me ofereceu o braço e eu aceitei.

— A gente se vê no altar, Travis — ele disse.

Travis pegou minha mão, beijou meus dedos e depois voltou apressado por onde tinha vindo, acompanhado de Chantilly, que estava dando risadinhas.

Aquele leve toque não era o suficiente. De repente, eu mal podia esperar para chegar até ele, e meus pés rapidamente seguiram caminho até a capela. Não era a marcha nupcial que estava tocando; em vez disso, "Thing for You", a canção que dançamos na minha festa de aniversário, era a música que saía das caixas de som.

Parei e olhei para Travis, finalmente tendo a chance de apreciar seu terno cinza e All Star preto. Ele sorriu quando viu o reconhecimento em meus olhos. Dei outro passo, depois mais um. O juiz de paz gesticulou para que eu andasse mais devagar, mas eu não conseguia. Meu corpo todo precisava estar perto dele, mais do que já havia precisado antes. Ele devia estar se sentindo do mesmo jeito. O Elvis não tinha nem chegado à metade do caminho quando Travis decidiu não esperar mais e veio na nossa direção.

— Hum... eu ia entregá-la a você.

A boca de Travis se repuxou para o lado.

— Ela já é minha.

Segurei seu braço e caminhamos juntos pelo restante da nave da capela. A música parou e o juiz assentiu para nós.

— Travis... Abby.

Chantilly pegou meu buquê e se colocou de lado.

Nossas mãos tremiam entrelaçadas. Nós dois estávamos tão nervosos e felizes que era quase impossível ficar parados.

Mesmo ciente de quanto eu queria me casar com Travis, eu tremia. Não tenho certeza do que exatamente o juiz disse. Não consigo me lembrar do rosto dele ou de como ele estava vestido; só de sua voz profundamente anasalada, do sotaque nortista e das mãos do Travis entrelaçadas com as minhas.

— Olha pra mim, Flor — Travis sussurrou.

Dei uma olhada para o meu futuro marido, me perdendo na sinceridade e na adoração em seus olhos. Ninguém, nem mesmo America, havia olhado para mim com tanto amor. Os cantos de sua boca se ergueram, e eu devia estar com a mesma expressão.

Enquanto o juiz falava, os olhos de Travis não saíam de mim, do meu rosto, dos meus cabelos, do meu vestido — ele até baixou o olhar para os meus sapatos. Então, ele se inclinou até seus lábios ficarem a poucos centímetros do meu pescoço e inalou.

O juiz fez uma pausa.

— Quero lembrar de tudo — Travis disse.

O juiz sorriu, assentiu e continuou.

Um flash foi disparado, nos assustando. Travis olhou de relance para trás, localizando o fotógrafo, e então voltou a olhar para mim. Nós refletíamos o sorriso cafona um do outro. Eu não me importava que parecêssemos completamente ridículos. Era como se estivéssemos nos preparando para pular da pedra mais alta no mais profundo rio que desembocava na mais magnífica e aterrorizante cachoeira, rumo à melhor e mais fantástica montanha-russa do universo. Tudo isso vezes dez.

— O verdadeiro casamento começa bem antes do dia em que a cerimônia é celebrada — o juiz começou dizendo. — E os esforços do casamento continuam bem depois do fim da cerimônia. Um breve instante e o rabiscar de uma caneta são tudo o que é preciso para criar o elo jurídico do casamento, mas é necessário haver uma vida de amor, comprometimento, perdão e consenso para tornar a união durável e eterna. Eu creio, Travis e Abby, que vocês acabaram de nos mostrar do que o amor de vocês é capaz em um momento de tensão. O ontem de vocês foi o caminho que os conduziu até esta capela, e sua jornada rumo a um futuro juntos se torna um pouco mais clara a cada novo dia.

Travis encostou a bochecha em minha têmpora. Fiquei grata por ele querer me tocar onde e sempre que pudesse. Se eu pudesse abraçá-lo sem atrapalhar a cerimônia, teria feito isso. As palavras do juiz começaram a se mesclar em um borrão sonoro. Algumas vezes Travis falou, e eu também. Deslizei o anel preto pelo seu dedo e ele ficou radiante.

— Receba esta aliança como sinal do meu amor e da minha fidelidade — falei, repetindo as palavras do juiz.

— Bela escolha — Travis disse.

Quando foi a vez dele, ele teve um pouco de dificuldade e então deslizou dois anéis pelo meu dedo: o anel de noivado e uma simples aliança dourada.

Eu queria um instante para apreciar o fato de ele ter comprado uma aliança oficial de casamento para mim, talvez até falar isso, mas eu estava vivenciando uma experiência extracorpórea. Quanto mais eu tentava estar presente, mas rápido tudo parecia acontecer.

Achei que talvez eu devesse realmente escutar a lista de coisas que estava prometendo, mas a única voz que fazia sentido para mim era a do Travis.

— Pode ter certeza que aceito — ele disse, sorrindo. — E prometo nunca mais entrar em brigas, nem beber demais, participar de jogos de azar ou dar um soco de raiva... e eu nunca, nunca mais vou fazer você derramar lágrimas de tristeza.

Quando foi a minha vez de falar de novo, fiz uma pausa.

— Eu só queria que você soubesse, antes de eu fazer os meus votos, que sou superteimosa. Você já sabe que é difícil conviver comigo e deixou claro em dezenas de ocasiões que eu te levo à loucura. E tenho certeza que deixaria louco qualquer um que acompanhasse esses últimos meses malucos com a minha indecisão e incerteza. Mas quero que você saiba que, o que quer que o amor seja, tem que ser isso. Primeiro fomos melhores amigos e tentamos não nos apaixonar, mas acabou acontecendo. Se você não estiver comigo, não é onde eu quero estar. Estou nessa. Estou com você. Nós podemos ser impulsivos, além de completamente insanos, por estar aqui fazendo isso com a nossa idade, seis meses depois de nos conhecermos. Essa coisa toda pode vir a se mostrar um completo e maravilhosamente belo desastre, mas, se for com você, eu quero.

— Como Johnny e June — Travis disse, com os olhos um pouco turvos. — Vai ser duro a partir daqui, e vou amar cada minuto disso.

— Você...? — o juiz começou a dizer.

— Sim — falei.

— Ok — disse ele, com uma risada —, mas eu tenho que dizer mesmo assim.

— Eu já ouvi isso uma vez. Não preciso ouvir de novo — falei, sorrindo, sem tirar os olhos de Travis em momento algum. Ele apertou minhas mãos. Nós repetimos mais votos, e então o juiz fez uma pausa.

— É isso? — Travis perguntou.

O juiz abriu um sorriso.

— É isso. Vocês estão casados.

— Mesmo? — Travis perguntou, com as sobrancelhas erguidas. Ele parecia uma criança numa manhã de Natal.

— Pode beijar a...

Travis me tomou nos braços e me apertou forte, me beijando com excitação e paixão a princípio, depois seus lábios foram ficando mais lentos, se movendo junto aos meus com mais ternura.

Chantilly aplaudiu com suas pequeninas e rechonchudas mãos.

— Esse foi ótimo! O melhor da semana! Eu adoro quando eles não seguem o que foi planejado!

O juiz disse:

— Eu apresento a vocês, srta. Chantilly e sr. Elvis, o sr. e a sra. Travis Maddox.

Elvis também aplaudiu, e Travis me ergueu nos braços. Eu peguei cada lado do seu rosto e me inclinei para beijá-lo.

— Eu só estou tentando não ter um momento Tom Cruise — Travis disse, olhando radiante para todos ali. — Agora eu entendo todo o lance de pular no sofá e socar o chão. Eu não sei como expressar como estou me sentindo! Cadê a Oprah?

Deixei escapar uma gargalhada que não me era característica. Ele estava sorrindo de orelha a orelha, e tenho certeza de que eu parecia tão irritantemente feliz quanto ele. Travis me colocou no chão e olhou de relance para todo mundo.

Ele parecia um pouco chocado.

— Uhuu! — gritou, com os punhos tremendo diante de si. Ele estava tendo um momento *bem* Tom Cruise. Ele riu e então me beijou novamente. — A gente está casado!

Eu ri com ele. Ele me tomou nos braços e notei que seus olhos estavam um pouco brilhantes.

— Ela se casou comigo! — Travis disse ao Elvis. — Eu amo você pra caralho, baby! — ele gritou de novo, me abraçando e me beijando.

Eu não sabia ao certo o que esperar, mas definitivamente não era isso. Chantilly, o juiz e até o Elvis estavam rindo, meio que se divertindo e meio que chocados. O flash do fotógrafo era disparado como se estivéssemos cercados de paparazzi.

— Só tem alguns papéis para assinar, algumas fotos e então vocês podem dar início ao "felizes para sempre" — disse Chantilly. Ela se virou para nós com um grande sorriso exibindo os dentes e ergueu um papel e uma caneta.

— Ah! — disse Chantilly. — Seu buquê. Você vai precisar dele para as fotos.

Ela me entregou as flores, e Travis e eu posamos para as fotos. Ficamos juntos um ao lado do outro. Exibimos nossos anéis. Lado a lado, cara a cara, saltando, nos abraçando, nos beijando — em certo momento, Travis me ergueu nos braços. Depois de assinarmos rapidamente a certidão de casamento, Travis me conduziu pela mão até a limusine, que estava nos esperando do lado de fora.

— Isso aconteceu mesmo? — perguntei.

— Com certeza!

— Eu vi uns olhos meio molhados lá dentro?

— Beija-Flor, agora você é a sra. Travis Maddox. Eu nunca fui tão feliz na vida!

Um sorriso brotou no meu rosto, e eu ri e balancei a cabeça. Eu nunca tinha visto uma pessoa louca ser tão afetuosa. Eu me lancei pra cima dele, pressionando seus lábios nos meus. Desde que sua língua estivera na minha boca na capela, tudo que eu conseguia pensar era em tê-la ali novamente.

Travis entrelaçou os dedos nos meus cabelos enquanto eu subia em cima dele, e afundei os joelhos no banco de couro nas laterais do seu quadril. Meus dedos brincavam com seu cinto enquanto ele se inclinava para pressionar o botão que fechava a janela de privacidade.

Amaldiçoei os botões de sua camisa por levarem tanto tempo para ser abertos, e então comecei a lidar impacientemente com seu zíper. A boca de Travis estava por toda parte, beijando a pele macia atrás da minha orelha, percorrendo com a língua a linha abaixo do meu pescoço e mordiscando minha clavícula. Com um único movimento, ele me deitou de costas no banco, imediatamente deslizando a mão pela minha coxa e enganchando um dedo na minha calcinha. Em poucos instantes, ela estava pendurada em um dos meus tornozelos, e a mão dele se movia para cima, na parte interna da minha perna, até que ele se deteve na pele macia entre as minhas coxas.

— Baby — sussurrei antes que ele me silenciasse com a boca. Ele respirava pesadamente, me abraçando como se fosse a primeira e a última vez.

Travis recuou e ficou de joelhos, seu abdômen e peito definidos, assim como as tatuagens, totalmente à mostra. Instintivamente, minhas coxas ficaram tensas, mas ele envolveu minha perna direita com ambas as mãos, separando-as gentilmente. Observei enquanto sua boca seguia faminta dos dedos dos meus pés ao calcanhar, depois para a panturrilha, o joelho, e então até a parte interna da minha coxa. Ergui os quadris em direção à sua boca, mas ele se deteve nas minhas coxas por vários instantes, bem mais paciente que eu.

Assim que sua língua tocou as minhas partes mais sensíveis, ele deslizou os dedos por entre o meu vestido e o assento, agarrando minha bunda, levemente me puxando em direção a ele. Cada nervo do meu corpo se derreteu e se retesou ao mesmo tempo. Travis já tinha estado naquela posição antes, mas claramente havia se contido, guardando seu melhor para o dia do nosso casamento. Meus joelhos se curvaram, tremeram, e eu me agarrei às suas têmporas.

Ele se deteve uma vez, apenas para sussurrar meu nome contra a minha pele molhada, e eu gaguejei, fechando os olhos em puro êxtase. Eu gemi, fazendo com que seus beijos se tornassem mais ávidos, e então ele se retesou, erguendo meu corpo mais para perto de sua boca.

Cada segundo que passava tornava tudo mais intenso, uma parede de tijolos entre querer continuar e precisar permanecer naquele instante. Por fim, quando eu não aguentava mais esperar, estiquei a mão e Travis enterrou o rosto em mim. Soltei um grito, o sentindo sorrir, sobrepujado pelos intensos impulsos elétricos disparados por todo o meu corpo.

Com todas as distrações de Travis, não me dei conta de que estávamos no Bellagio até ouvir a voz do motorista pelo alto-falante.

— Sinto muito, sr. e sra. Maddox, mas chegamos ao hotel. Vocês gostariam que eu os levasse para mais um passeio pela Strip?

8
FINALMENTE

Travis

— Não, só nos dê um minuto — falei.

Abby estava meio deitada e meio sentada no banco de couro da limusine, com as bochechas vermelhas, respirando com dificuldade. Beijei seu tornozelo e então puxei sua calcinha da ponta do seu salto, entregando-a para ela.

Merda, como ela era linda! Eu não conseguia tirar os olhos dela enquanto abotoava a minha camisa. Abby me deu um largo sorriso enquanto puxava a calcinha pelos quadris. O motorista da limusine bateu à porta. Abby assentiu e dei permissão para que ele abrisse a porta. Entreguei-lhe uma nota alta e então carreguei minha esposa nos braços. Seguimos pelo saguão e passamos pelo cassino em apenas alguns minutos. Digamos que eu estava um pouco motivado para voltar para o quarto — por sorte, estar com a Abby nos braços disfarçava minha ereção.

Ela ignorou as dúzias de pessoas nos encarando enquanto entrávamos no elevador e então grudou a boca na minha. O número do andar saiu abafado quando tentei pronunciá-lo ao casal com ar divertido próximo aos botões, mas vi com o canto do olho que eles apertaram o botão certo.

Assim que pisamos no corredor, meu coração começou a martelar. Quando alcançamos a porta, eu me esforcei para continuar com Abby nos braços e tirar o cartão-chave do bolso.

— Eu pego, baby — ela disse, puxando o cartão-chave e depois me beijando enquanto destrancava a porta.

— Obrigado, sra. Maddox.

Abby sorriu com a boca encostada na minha.

— Foi um prazer.

Eu a levei direto para a cama. Abby ficou me observando por um instante enquanto tirava os saltos com um chute.

— Vamos tirar isso do caminho, sra. Maddox. Essa é uma peça de roupa sua que eu não quero estragar.

Eu a virei e abri lentamente o zíper do vestido, beijando cada pedaço de pele que ia ficando exposta. Cada centímetro do corpo de Abby já estava impregnado na minha mente, mas tocar e saborear a pele da mulher que agora era a minha esposa tornava tudo novidade mais uma vez. Senti uma excitação que nunca sentira antes.

O vestido caiu no chão e eu o recolhi, atirando-o sobre as costas de uma cadeira. Abby soltou o fecho do sutiã, deixando-o cair no chão, e eu enfiei o polegar entre a sua pele e o tecido rendado de sua calcinha. Sorri. Eu já a havia tirado uma vez antes.

Eu me inclinei para beijar a pele atrás de sua orelha.

— Eu te amo tanto — sussurrei, puxando sua calcinha lentamente para baixo. A peça parou em seus tornozelos e ela a chutou para longe com os pés descalços. Envolvi-a com os braços, inspirando fundo e puxando suas costas nuas para junto do meu peito. Eu precisava estar dentro dela, meu pau estava praticamente indo sozinho em sua direção, mas era importante ir devagar. Noite de núpcias era uma vez na vida, e eu queria que fosse perfeita.

Abby

Senti calafrios por todo o corpo. Quatro meses antes, Travis tirara de mim algo que eu nunca tinha dado a nenhum outro homem. Eu estava tão determinada a perder a virgindade com ele que não tive tempo de ficar nervosa. Agora, na nossa noite de núpcias, sabendo o que esperar e ciente de quanto ele me amava, eu estava mais nervosa do que naquela primeira noite.

— Vamos tirar isso do caminho, sra. Maddox. Essa é uma peça de roupa sua que eu não quero estragar.

Soltei uma leve risada, me lembrando do meu cardigã cor-de-rosa e das manchas de sangue bem no meio dele.

— Eu destruo muitos suéteres — ele dissera com aquele sorriso matador e com aquelas covinhas. O mesmo sorriso que eu queria odiar, os mesmos lábios que agora desciam pelas minhas costas.

Travis me direcionou para frente e eu rastejei na cama, olhando para trás, aguardando e esperando que ele subisse na cama. Ele estava me observando, tirando a camisa, chutando os sapatos para longe e deixando a calça social cair no chão. Ele balançou a cabeça, me deitou de costas para o colchão e então se ajeitou em cima da mim.

— Não? — perguntei.

— Prefiro olhar nos olhos da minha mulher em vez de ser criativo... pelo menos hoje.

Ele tirou uma mecha de cabelo do meu rosto e beijou meu nariz. Era meio divertido observar o Travis indo devagar, ponderando como e o que queria fazer comigo. Assim que estávamos nus e acomodados debaixo dos lençóis, ele suspirou.

— Sra. Maddox?

Sorri.

— Sim?

— Nada. Eu só queria chamar você assim.

— Que bom. Eu meio que gosto disso.

Os olhos de Travis percorreram meu rosto.

— Gosta mesmo?

— É uma pergunta de verdade? Porque é meio difícil demonstrar isso melhor do que fazendo votos de ficar com você para sempre.

Travis fez uma pausa, o conflito anuviando sua expressão.

— Eu vi você — ele disse, e sua voz não era mais que um sussurro. — No cassino.

Imediatamente minha memória rebobinou as cenas, certa de que ele havia cruzado com o Jesse e possivelmente visto com ele uma mulher parecida comigo. Os olhos do ciúme pregam peças nas pessoas. Bem quando eu estava prestes a argumentar que não tinha visto o meu ex, o Travis começou a falar novamente.

— No chão. Eu vi você, Flor.

Meu estômago revirou. Ele tinha me visto chorando. Como eu poderia explicar isso? Não tinha como. A única maneira era desviar sua atenção.

Levei a cabeça de volta ao travesseiro, olhando direto nos olhos dele.

— Por que você me chama de Beija-Flor? Quer dizer, *o verdadeiro motivo*.

Minha pergunta pareceu pegá-lo de surpresa. Aguardei, na esperança de que ele se esquecesse por completo do tópico anterior. Eu não queria ter de mentir na cara dele, nem admitir o que eu tinha feito. Não essa noite. Nem nunca.

Sua escolha por me deixar mudar de assunto era evidente em seus olhos. Ele sabia o que eu estava fazendo, e ia me deixar fazer isso.

— Você sabe o que é um Beija-Flor, né?

Balancei a cabeça com um minúsculo movimento.

— É um pássaro. Eles são inteligentes pra caralho. Eles se alimentam de néctar. São delicados e fortes ao mesmo tempo. Na primeira vez em que vi você, no Círculo, eu soube o que você era. Debaixo daquele cardigã abotoado e do sangue, você não ia cair nas minhas baboseiras. Você ia fazer com que eu fizesse por merecer. Você ia exigir uma razão para confiar em mim. Eu vi isso nos seus olhos, e não consegui me livrar dessa sensação até que vi você no refeitório naquele dia. Mesmo que eu tentasse ignorar, eu já sabia. Cada merda, cada escolha ruim, tudo aquilo eram migalhas para que encontrássemos o caminho um em direção ao outro. Para que encontrássemos nosso caminho até este momento.

Minha respiração falhou.

— Sou tão apaixonada por você!

O corpo dele estava entre as minhas pernas abertas, e eu podia senti-lo junto às minhas coxas, a poucos centímetros de onde eu queria que ele estivesse.

— Você é minha mulher.

Quando ele disse essas palavras, uma paz preencheu seus olhos. Isso me fez lembrar da noite em que ele ganhou a aposta para que eu ficasse no apartamento dele.

— Sim. Eu estou presa a você agora.

Ele beijou o meu queixo.

— Finalmente.

Ele foi devagar enquanto me penetrava gentilmente, fechando os olhos por um segundo antes de voltar mais uma vez o olhar contemplativo para o meu. Ele se movimentava sobre mim vagarosamente, com ritmo, beijando minha boca sem parar. Mesmo que Travis sempre tivesse sido cuidadoso e gentil comigo, os primeiros instantes eram um pouco desconfortáveis. Ele devia saber que eu era nova nisso, mesmo que eu nunca tivesse mencionado esse fato. O campus inteiro sabia das conquistas do Travis, mas as minhas experiências com ele nunca foram as brincadeiras selvagens a que todos se referiam. Travis era sempre suave e delicado comigo, paciente. Essa noite não foi exceção. Talvez ele estivesse sendo ainda mais paciente.

Assim que relaxei e comecei a mover meu corpo junto ao dele, Travis se abaixou. Ele enganchou a mão por trás do meu joelho e me puxou com gentileza para cima, parando na altura de seus quadris. Ele me penetrou novamente, agora mais fundo. Suspirei e ergui os quadris para junto dele. Havia coisas muito piores na vida do que prometer sentir o corpo nu de Travis Maddox de encontro e dentro do meu pelo resto da vida. Coisas muito, muito piores.

Ele me beijou e me saboreou, e sussurrava com os lábios junto aos meus. Embalando seu corpo contra o meu, me desejando, rasgando minha pele enquanto erguia minha outra perna e empurrava meus joelhos para junto do meu peito, de modo que pudesse me penetrar ainda mais fundo. Eu gemi e me mexi, incapaz de continuar calada enquanto ele se posicionava e me penetrava de diferentes ângulos, mexendo os quadris até que minhas unhas estivessem cravadas na pele de suas costas. As pontas dos meus dedos estavam cravadas a fundo em sua pele suada, mas eu ainda podia sentir seus músculos ficando salientes enquanto eu deslizava sob eles.

As coxas de Travis se esfregavam e se chocavam nas minhas nádegas. Ele se mantinha erguido sobre um dos cotovelos, e então se ajoelhou, puxando minhas pernas até que meus tornozelos estivessem repousando em seus ombros. Ele fez amor comigo com mais força, e, mesmo que fosse um pouco doloroso, a dor enviava centelhas de adrenalina por todo o meu corpo. Isso levava cada ponta de prazer que eu já estava sentindo a um novo nível.

— Ah, meu Deus... Travis — eu disse, perdendo o fôlego depois de pronunciar seu nome. Eu precisava dizer alguma coisa, qualquer coisa, para soltar a intensidade que se formava dentro de mim.

Minhas palavras fizeram com que seu corpo enrijecesse, e o ritmo de seus movimentos se tornou mais rápido, mais rígido, até que gotas de suor se formaram na nossa pele, facilitando que deslizássemos um contra o outro.

Ele deixou minhas pernas caírem na cama enquanto se posicionava diretamente sobre mim de novo, e balançou a cabeça.

— Você é tão boa — ele gemeu. — Eu quero fazer isso durar a noite toda, mas eu...

Toquei os lábios em sua orelha.

— Eu quero que você goze — falei, terminando a simples frase com um beijo suave e delicado.

Eu relaxei os quadris, deixando meus joelhos caírem ainda mais separados um do outro e mais próximos à cama. Travis me penetrou profundamente repetidas vezes, os movimentos se intensificando conforme ele gemia. Agarrei meu joelho, puxando-o em direção ao peito. A dor era tão boa, era viciante, e eu a senti se acumulando até que meu corpo se tensionou, em arroubos curtos porém fortes. Eu gemi alto, sem me importar com quem poderia ouvir.

Travis gemeu em resposta. Por fim, seus movimentos ficaram mais lentos, porém mais fortes, até ele finalmente dizer:

— Ah, porra! Puta merda! Ah! — Seu corpo se contorceu e tremeu enquanto ele pressionava a testa com força na minha bochecha.

Ambos sem fôlego, não dissemos nada. Travis manteve a bochecha encostada na minha, se contorcendo mais uma vez antes de enterrar o rosto no travesseiro sob a minha cabeça.

Eu beijei seu pescoço, sentindo o gosto do sal em sua pele.

— Você estava certo — falei. Travis recuou para olhar para mim, curioso. — O seu foi o meu último primeiro beijo.

Ele sorriu, pressionou os lábios nos meus com força e então enterrou o rosto no meu pescoço. Sua respiração era pesada, mas ele ainda conseguiu sussurrar docemente:

— Eu amo você pra caralho, Beija-Flor.

9
ANTES

Abby

Um zunido me arrancou de um sono profundo. As cortinas impediam a entrada de quase todo o sol, exceto pelas faixas de luz em volta delas. O cobertor e os lençóis pendiam no meio de nossa cama king-size. Meu vestido havia caído da cadeira, se juntando ao terno de Travis, que estava espalhado pelo quarto todo, e eu só conseguia ver um dos meus saltos.

Meu corpo nu estava intrincado no de Travis, e, depois da terceira vez em que consumamos nosso casamento, apagamos de pura exaustão.

Mais uma vez, o zunido. Era meu celular no criado-mudo. Estiquei a mão por cima de Travis e virei o aparelho, vendo ali o nome de Trent.

Adam preso.
John Savage na lista de mortos.

Isso era tudo o que a mensagem dizia. Eu me senti enjoada enquanto deletava a mensagem, preocupada com o fato de que talvez Trent não pudesse me dar mais nenhuma informação porque a polícia estaria na casa do Jim agora, talvez até dizendo ao pai deles que o Travis poderia estar envolvido naquilo. Olhei de relance para a hora no celular. Eram quase dez.

John Savage seria uma pessoa a menos a ser investigada. Uma morte a mais pela qual Travis se sentiria culpado. Tentei lembrar se eu vira o

John depois do início do incêndio. Ele estava nocauteado. Talvez nem tivesse se levantado. Pensei naquelas garotas aterrorizadas que o Trent e eu vimos no corredor do porão. Pensei em Hilary Short, que eu conhecia das aulas de cálculo e que sorria de pé ao lado de seu novo namorado, perto da parede oposta do Keaton Hall, cinco minutos antes do incêndio. Quão longa realmente seria a lista dos mortos e quem estaria nela era algo em que eu tentava *não* pensar.

Talvez todos nós devêssemos ser punidos. A verdade era que todos éramos responsáveis por aquilo, porque todos éramos irresponsáveis. Há um motivo pelo qual o corpo de bombeiros checa esse tipo de evento e precauções de segurança são tomadas. Nós ignoramos tudo isso. Ligar o rádio ou a televisão sem se deparar com as imagens nos noticiários era impossível, então o Travis e eu os evitávamos quando possível. Mas toda essa atenção da mídia significava que os investigadores estariam mais motivados para encontrar alguém a quem culpar. Eu me perguntava se a caçada pararia em Adam, ou se estariam buscando vingança. Se eu fosse mãe de algum daqueles alunos mortos, certamente buscaria.

Eu não queria ver o Travis ir parar na cadeia pelo comportamento irresponsável de todo mundo, e, certo ou errado, isso não traria ninguém de volta. Eu havia feito tudo em que pudera pensar para mantê-lo livre de encrenca, e negaria a presença dele no Keaton Hall naquela noite até o meu último suspiro.

As pessoas já tinham feito coisas piores por aqueles que amavam.

— Travis — falei, o cutucando. Ele estava com o rosto voltado para baixo, com a cabeça enterrada sob o travesseiro.

— *Hummmmm* — ele grunhiu. — Você quer que eu prepare o café da manhã? Quer ovos?

— Já passa das dez.

— Ainda se qualifica como brunch. — Quando não respondi, ele ofereceu novamente. — Ok, um sanduíche de ovo?

Fiz uma pausa, e então olhei para ele com um sorriso.

— Baby?

— Oi.

— Nós estamos em Vegas.

Travis ergueu a cabeça e acendeu o abajur. Uma vez que as últimas vinte e quatro horas finalmente tinham sido absorvidas, ele tirou a mão de sob o travesseiro e passou o braço ao meu redor, me puxando para debaixo dele. Aninhou os quadris entre as minhas coxas e curvou a cabeça para baixo para me beijar, suave e ternamente, deixando os lábios junto aos meus até que estivessem cálidos e formigando.

— Ainda assim posso arrumar ovos pra você. Quer que eu chame o serviço de quarto?

— Pra falar a verdade, temos que pegar o avião.

Ele ficou desolado.

— Quanto tempo a gente tem?

— O nosso voo é às quatro. Temos que deixar o hotel às onze.

Travis franziu o cenho e olhou para a janela.

— Eu devia ter reservado um dia a mais. A gente devia ficar deitado na cama ou na piscina.

Dei um beijo em sua bochecha.

— A gente tem aula amanhã. Vamos guardar dinheiro e ir a algum lugar depois. De qualquer forma, eu não quero passar nossa lua de mel em Vegas.

Ele contorceu o rosto em repulsa.

— Definitivamente eu não quero passar em Illinois.

Eu cedi com um movimento de cabeça. Não tinha como discutir quanto a isso. Illinois não era o primeiro lugar que me vinha à cabeça quando eu pensava em *lua de mel*.

— St. Thomas é um belo lugar. Nós nem precisamos de passaporte para ir até lá.

— Boa ideia. Já que não vou mais lutar, vamos precisar guardar todo o dinheiro que pudermos.

Eu sorri.

— Não vai?

— Eu te disse, Flor. Eu não preciso disso quando tenho você. Você mudou tudo. Você é o amanhã. Você é o apocalipse.

Eu torci o nariz.

— Eu acho que não gosto dessa palavra.

Ele sorriu e rolou na cama, apenas alguns centímetros do meu lado esquerdo. Deitado de braços, Travis levou as mãos para baixo de seu corpo, aninhando-as sob o peito, e encostou a bochecha no colchão, me observando por um instante, os olhos fitando os meus.

— Você disse uma coisa na cerimônia... que nós éramos como Johnny e June. Eu não entendi a referência.

Ele abriu um sorriso presunçoso.

— Você não conhece a história de Johnny Cash e June Carter?

— Mais ou menos.

— Ela lutou com unhas e dentes por ele também. Eles brigavam, e ele era um idiota em relação a um monte de coisa. Eles resolveram tudo isso e passaram o resto da vida juntos.

— Ah, é? Eu aposto que ela não tinha um pai como o Mick.

— Ele nunca mais vai magoar você, Beija-Flor.

— Você não pode me prometer isso. Assim que eu começo a me estabelecer em algum lugar, ele aparece.

— Bom, nós vamos ter empregos normais, vamos ficar quebrados como todos os outros alunos da faculdade, então ele não vai ter motivo para ficar rondando a gente atrás de dinheiro. A gente vai precisar de cada centavo. Uma coisa boa é que eu ainda tenho um pouco de dinheiro guardado para a gente passar um tempo.

— Alguma ideia de onde você vai procurar emprego? Eu andei pensando em dar aulas particulares. De matemática.

Travis sorriu.

— Você vai ser boa nisso. Talvez eu possa dar aulas particulares de ciências.

— Você é muito bom nisso. Eu posso te indicar.

— Eu não acho que conte vindo da minha mulher.

Pisquei.

— Ah, meu Deus. Isso parece simplesmente loucura.

Travis deu risada.

— E não é? Porra, eu adoro isso. Eu vou cuidar de você, Flor. Não posso prometer que o Mick nunca mais vai te magoar, mas posso prometer fazer o que eu puder para impedir que isso aconteça. E, caso aconteça, eu vou amar você quando acontecer.

Abri um leve sorriso para ele, então estiquei o braço para tocar sua bochecha.

— Eu te amo.

— Eu te amo — ele disse logo em seguida. — Ele era um bom pai antes de tudo o que aconteceu?

— Eu não sei — falei, erguendo o olhar para o teto. — Eu acredito que achava que ele fosse. Mas o que uma criança sabe sobre o que é ser um bom pai? Tenho boas lembranças dele. Ele bebia desde que consigo me lembrar e jogava, mas, quando a sorte estava no auge, ele era bondoso. Generoso. Muitos dos amigos dele eram homens de família... Eles também trabalhavam para a máfia, mas tinham filhos. Eles eram legais e não se importavam com o fato de Mick me levar de um lado para o outro. Eu passava bastante tempo nos bastidores, vendo coisas que a maioria das crianças não vê, porque ele me levava para todos os lugares. — Eu senti um sorriso se insinuando, e então uma lágrima caiu. — É, eu acho que ele era sim, do jeito dele. Eu o amava. Para mim, ele era perfeito.

Travis colocou a ponta do dedo na minha têmpora, limpando com ternura a lágrima dali.

— Não chora, Flor.

Balancei a cabeça, tentando fingir que não me importava.

— Viu? Ele ainda consegue me magoar, mesmo quando não está aqui.

— Eu estou aqui — Travis disse, pegando minha mão. Ele ainda me olhava, com a bochecha encostada nos lençóis. — Você virou meu mundo de cabeça para baixo, e eu tive um começo completamente novo... como em um apocalipse.

Franzi o cenho.

— Eu ainda não gosto desse termo.

Ele saiu da cama, enrolando o lençol na cintura.

— Depende de como você encarar isso.

— Não, não mesmo — falei, observando-o caminhar até o banheiro.

— Eu saio em cinco minutos.

Eu me espreguicei, esticando os braços e as pernas em todas as direções da cama, e então me sentei, penteando os cabelos com os dedos. Ouvi a descarga e depois a torneira foi aberta. Ele não estava brincando. Ele estaria pronto em poucos minutos e eu ainda estava nua na cama.

Colocar meu vestido e o terno dele dentro da bagagem de mão provou ser um desafio, mas no fim das contas deu certo. Travis saiu do banheiro e roçou os dedos nos meus quando nos cruzamos.

Com os dentes escovados e os cabelos penteados, coloquei minha roupa e, por volta das onze horas, estávamos deixando o hotel.

Travis tirou fotos do teto do saguão com o celular, e então demos uma última olhada ao redor antes de sairmos para a longa fila do táxi. Até na sombra estava quente, e minhas pernas já grudavam na calça jeans.

Meu celular zuniu dentro da bolsa. Dei uma rápida olhada nele.

Trent: Os policiais acabaram de sair. Meu pai tá na casa do Tim, mas eu disse a eles que vcs estavam se casando em Vegas. Acho q eles acreditaram.

Eu: Sério?

Trent: É! Eu devia ganhar um Oscar por essa merda.

Soltei um longo suspiro de alívio.

— Quem era? — Travis perguntou.

— America — falei, deixando o celular escorregar para dentro da bolsa. — Ela está brava.

Ele sorriu.

— Tenho certeza. Para onde vamos? Aeroporto? — Travis perguntou, esticando a mão para pegar a minha.

Segurei sua mão, virando-a de modo a ver meu apelido em seu pulso.

— Não, acho que a gente precisa passar em um lugar antes.

Travis ergueu uma das sobrancelhas.

— Onde?

— Você vai ver.

10

TATUADA

Abby

— *O que você quer dizer com isso?* — *Travis disse, empalidecendo.* — Não estamos aqui por mim?

O tatuador ficou nos encarando, meio surpreso com a surpresa do Travis.

Quando a viagem de táxi acabou, Travis presumiu que eu estava lhe dando uma nova tatuagem de presente de casamento. Quando eu disse ao motorista o nosso destino, nunca passou pela cabeça dele que eu seria a pessoa a ser tatuada. Ele ficou falando sobre tatuar ABBY em algum lugar do corpo, mas, como ele já tinha BEIJA-FLOR no pulso, achei que seria redundante.

— É a minha vez — falei, me virando para o tatuador. — Como você se chama?

— Griffin — ele disse em uma voz monótona.

— Claro — falei. — Eu quero SRA. MADDOX escrito aqui.

Coloquei o dedo na calça jeans, do lado direito do meu abdômen, num ponto baixo o bastante para não ser visto, nem mesmo se eu estivesse de biquíni. Eu queria que o Travis fosse o único a compartilhar da minha tatuagem secreta, uma bela surpresa todas as vezes em que ele me despisse.

Travis ficou radiante.

— SRA. MADDOX?

— É, nessa fonte — falei, apontando para um pôster laminado na parede, com exemplos de tatuagens.

Ele sorriu.

— Combina com você. É elegante, mas não é elaborada demais.

— Exatamente. Você pode fazer isso?

— Posso. Daqui a mais ou menos uma hora. Tem duas pessoas na sua frente. Vai sair duzentos e cinquenta.

— Duzentos e cinquenta? Por uns rabiscos? — Travis disse, boquiaberto. — Que merda, cara!

— Griffin — ele disse, sem se deixar afetar.

— Eu sei, mas...

— Tudo bem, baby — falei. — Tudo é mais caro em Vegas.

— Vamos esperar até chegarmos em casa, Beija-Flor.

— Beija-Flor? — Griffin disse.

Travis voltou um olhar de ódio mortal a ele.

— Cala a boca — avisou, voltando a olhar para mim. — Em casa isso vai sair duzentos paus mais barato.

— Se eu esperar, não vou fazer.

Griffin deu de ombros.

— Então talvez você devesse esperar.

Olhei furiosa para Travis e Griffin.

— Eu não vou esperar. Eu vou fazer. — Puxei a carteira e enfiei três notas na mão de Griffin. — Então você pega o meu dinheiro... — franzi o cenho para o Travis — e você fica quieto. É o meu dinheiro, o meu corpo, e isso é o que eu quero fazer.

Travis pareceu pesar o que estava prestes a dizer.

— Mas... vai doer.

Abri um sorriso.

— Em mim? Ou em você?

— Nos dois.

Griffin pegou o dinheiro e sumiu da nossa frente. Travis andava de um lado para o outro, como um pai nervoso e ansioso. Ele deu uma espiada no fundo do corredor e depois andou mais um pouco de um lado para o outro. Aquilo era tão fofo quanto irritante. Em determinado momento, ele me implorou para não fazer a tatuagem, depois ficou impressionado e emocionado com a minha determinação de seguir em frente.

— Abaixa a calça — Griffin disse, preparando os equipamentos.

Travis desferiu um olhar penetrante para o homem baixinho e musculoso, mas Griffin estava ocupado demais para notar a mais assustadora expressão dele.

Eu me sentei na cadeira e Griffin apertou uns botões. Enquanto a cadeira se reclinava, Travis parou ao lado de uma banqueta na minha frente. Ele estava inquieto.

— Trav — falei, com a voz suave. — Senta.

Estiquei a mão e ele a segurou, se sentando. Ele beijou os meus dedos e abriu um sorriso doce, porém nervoso, para mim.

Assim que eu achei que ele não aguentaria mais esperar, meu celular zuniu na bolsa.

Ah, meu Deus. E se fosse outra mensagem do Trent? Travis já estava caçando o celular na minha bolsa, grato pela distração.

— Deixa quieto, Trav.

Ele olhou para o visor e franziu o cenho. Fiquei sem ar. Ele esticou o celular para que eu o pegasse.

— É a Mare.

Peguei o telefone e teria me sentido aliviada, se não fosse pela sensação de ardência passando pelo osso do meu quadril.

— Alô?

— Abby? — America disse. — Onde você está? O Shepley e eu acabamos de chegar em casa e o carro não está aqui.

— Ah — falei, com a voz uma oitava mais alta. Eu não tinha planejado contar isso a ela ainda. Eu não sabia ao certo como contar a novidade, mas tinha certeza de que ela ia me odiar. Pelo menos por um tempinho.

— Nós estamos... em Vegas.

America deu risada.

— Cala a boca.

— Estou falando totalmente sério.

America ficou calada, e então a voz dela soou tão alta que eu me encolhi.

— POR QUE você está em Vegas? Você não se divertiu da última vez em que esteve aí!

— Travis e eu decidimos... a gente meio que se casou, Mare.

— O quê?! Isso não tem graça, Abby! É melhor que seja uma merda de uma brincadeira!

Griffin colocou o transfer na minha pele e o pressionou. O Travis parecia querer matar o cara por encostar em mim.

— Você é uma boba — falei, mas, quando a máquina de tatuagem começou a emitir seu ruído característico, meu corpo inteiro ficou tenso.

— Que barulho é esse? — America disse, bufando de raiva.

— Nós estamos em um estúdio de tatuagem.

— O Travis vai fazer uma tatuagem com seu nome de verdade dessa vez?

— Não exatamente...

Travis estava suando.

— Baby... — ele disse, franzindo o cenho.

— Eu consigo fazer isso — respondi, olhando fixo para as manchas do teto.

Dei um pulo quando senti dedos tocarem a minha pele, mas tentei não ficar tensa.

— Beija-Flor — o Travis disse, com um tom de desespero na voz.

— Tudo bem — falei, chacoalhando a cabeça em desdém. — Estou pronta.

Mantive o telefone longe do ouvido, me contorcendo tanto por causa da dor quanto pelo inevitável sermão.

— Eu te mato, Abby Abernathy! — gritou America. — Eu te mato!

— Tecnicamente, é Abby Maddox agora — eu disse, sorrindo para o meu marido.

— Isso não é justo! — ela choramingou. — Era pra eu ser sua dama de honra! Era pra eu ir junto com você comprar seu vestido! Era pra eu fazer sua festa de despedida de solteira e segurar seu buquê!

— Eu sei — falei, vendo o sorriso de Travis se desvanecer enquanto eu me contorcia de novo.

— Você não tem que fazer isso — ele disse, juntando as sobrancelhas.

Apertei de leve os dedos dele.

— Eu sei.

— Você já disse isso! — America falou, irritada.

— Eu não estava falando com você.

— Ah, você está falando comigo sim — ela disse, furiosa. — É claro que você está falando comigo. Você vai escutar pelo resto da vida, está me ouvindo? Eu nunca, nunca vou te perdoar!

— Vai sim.

— Você! Você é uma...! Você é simplesmente má, Abby! Você é uma péssima melhor amiga!

Eu ri, fazendo com que Griffin recuasse. Ele inspirou fundo pelo nariz.

— Desculpa — falei.

— Quem era? — America perguntou, exasperada.

— Era o Griffin — respondi, sem rodeios.

— Ela acabou? — ele perguntou ao Travis.

Travis assentiu uma vez.

— Continua.

Griffin apenas sorriu e continuou. Meu corpo inteiro ficou tenso novamente.

— Quem é Griffin? Deixa eu ver se eu adivinho: você convidou um completo estranho para o seu casamento e não convidou a sua melhor amiga?

Eu me encolhi, tanto por causa de sua voz estridente quanto pela agulha cutucando minha pele.

— Não. Ele não foi ao casamento — falei, respirando com dificuldade.

Travis suspirou e se mexeu na cadeira, nervoso, apertando minha mão. Ele parecia sofrer. Eu não conseguia fazer nada além de sorrir.

— Sou eu que devo fazer isso, lembra?

— Desculpa. Acho que não consigo aguentar isso — ele disse, com a voz marcada de preocupação. Ele relaxou a mão, olhando para Griffin. — Anda logo aí, por favor.

Griffin balançou a cabeça.

— Coberto de tatuagens e não aguenta ver a namorada fazer uma simples escrita. Termino num minuto, colega.

As rugas na testa franzida de Travis ficaram mais profundas.

— Mulher. Ela é minha mulher.

America ofegou, e o som era tão agudo quanto o de sua voz.

— Você está fazendo uma tatuagem?! O que está acontecendo com você, Abby? Você inalou fumaça tóxica naquele incêndio?

— O Trav tem o meu nome tatuado no pulso — falei e baixei o olhar para minha barriga, para a região preta borrada na parte interna do osso do quadril, sorrindo. Griffin pressionou a ponta da agulha na minha pele, e eu cerrei os dentes. — Estamos casados — falei entre dentes. — Eu queria fazer algo também.

Travis balançou a cabeça em negativa.

— Você não precisava fazer isso.

Estreitei os olhos.

— Não começa.

Os cantos da boca dele se curvaram, e ele me olhava com a adoração mais doce que eu já tinha visto na vida.

America deu risada, parecendo meio insana.

— Você ficou louca. — *Olha quem fala.* — Vou te internar num manicômio assim que chegar em casa.

— Não é tanta loucura assim. A gente se ama. Estamos praticamente morando juntos, com intervalos, faz um ano. — *Ok, não faz bem um ano... não que isso faça diferença agora. Não o bastante para ser mencionado e dar à America mais munição.* — Por que não?

— Porque você tem dezenove anos, sua imbecil! Porque vocês fugiram e não contaram pra ninguém, e porque eu não estou aí! — ela gritou.

Por um segundo, a culpa e as dúvidas começaram a se insinuar. Por um segundo, deixei a menor ponta de pânico vir à tona, pensando se eu teria cometido um erro imenso, mas, no instante em que ergui os olhos para o Travis e vi a inacreditável quantidade de amor em seu olhar, tudo isso se dissipou.

— Desculpa, Mare, tenho que ir. A gente se vê amanhã, tá?

— Não sei se quero ver você amanhã! Não sei se quero ver o Travis nunca mais!

— A gente se vê amanhã, Mare. Você sabe que vai querer ver a minha aliança.

— E a sua tatuagem — ela disse, com um sorriso permeando a voz.

Entreguei o celular para o Travis. Griffin voltou mais uma vez com suas mil minúsculas facas de dor e agonia para a minha pele irritada. Travis enfiou meu celular no bolso, agarrando a minha mão e se abaixando para tocar minha testa na sua.

Não saber o que esperar ajudou, mas a dor era como uma lenta queimadura. Enquanto Griffin preenchia as partes mais espessas das letras, eu me encolhia de dor, e, toda vez que ele recuava para limpar o excesso de tinta, eu relaxava.

Depois de mais algumas reclamações do Travis, Griffin fez com que déssemos um pulo proclamando em voz alta:

— PRONTO!

— Graças a Deus! — falei, deixando a cabeça cair de encontro à cadeira.

— Graças a Deus! — Travis suspirou, aliviado. Ele deu um tapinha na minha mão, sorrindo.

Olhei para baixo, para as belas linhas negras escondidas sob o borrão preto.

Sra. Maddox

— Uau! — falei, apoiando-me nos cotovelos para ver melhor.

A testa franzida de Travis se transformou imediatamente em um sorriso triunfante.

— É linda!

Griffin balançou a cabeça.

— Se eu ganhasse um dólar para cada marido cheio de tatuagem que traz a mulher aqui e sofre mais que ela... eu nunca mais ia precisar tatuar ninguém na vida.

O sorriso de Travis desapareceu.

— Só passa pra ela as instruções de cuidado, engraçadinho.

— Vou pegar uma folha com as instruções e a pomada no balcão — disse Griffin, divertindo-se com a réplica de Travis.

Meu olhar continuava voltado para a elegante escrita na minha pele. Nós estávamos casados. Eu era uma Maddox, tal como todos aqueles homens maravilhosos que eu tinha aprendido a amar. Eu tinha uma família, ainda que cheia de homens furiosos, loucos e adoráveis, mas eles eram meus, e eu deles. Eu pertencia a eles tanto quanto eles pertenciam a mim.

Travis esticou a mão, baixando o olhar para espiar o anel em seu dedo.

— Nós conseguimos, baby. Ainda não consigo acreditar que você é minha mulher.

— Pode acreditar — falei, sorrindo.

Estiquei o braço na direção de Travis, apontei para o seu bolso e então virei e abri a palma da mão. Ele me entregou o celular e eu liguei a câmera para tirar uma foto da minha tatuagem. Ele me ajudou a levantar da cadeira, tomando cuidado com o meu lado direito. Eu estava ciente de cada movimento que fazia, a fim de evitar que a calça jeans roçasse em minha pele ferida.

Depois de uma curta parada no balcão, Travis me soltou por tempo suficiente para abrir a porta para mim, e então caminhamos até um táxi que estava a nossa espera. Meu celular tocou de novo. America.

— Ela não vai desistir de fazer você se sentir culpada, né? — disse Travis, me observando enquanto eu silenciava o celular. Eu não estava no clima para aguentar mais um sermão.

— Ela vai ficar de cara feia um dia inteiro quando vir as fotos... e depois vai se conformar.

— Tem certeza, sra. Maddox?

Dei risada.

— Você algum dia vai parar de me chamar assim? Você já disse isso uma centena de vezes desde que saímos da capela.

Ele balançou a cabeça enquanto abria a porta do táxi para mim.

— Vou parar de te chamar assim quando eu acreditar que é real.

— Ah, é bem real. Tenho lembranças da noite de núpcias para provar.

Deslizei para o meio do banco do táxi e fiquei olhando enquanto ele se ajeitava ao meu lado.

Ele se apoiou em mim, roçando o nariz na pele sensível do meu pescoço até chegar à minha orelha.

— Isso com certeza a gente tem.

11
A VOLTA PARA CASA

Travis

Abby ficou observando Las Vegas passar pela janela. Só de vê-la eu tinha vontade de tocá-la, e, agora que ela era minha mulher, essa sensação se intensificava. Mas eu estava me esforçando muito para que ela não se arrependesse de sua decisão. Pegar leve costumava ser o meu superpoder. Agora eu estava perigosamente perto de ficar igual ao Shepley.

Incapaz de me conter, deslizei a mão e toquei bem de leve no seu dedo mindinho.

— Eu vi fotos do casamento dos meus pais. Achei que a minha mãe era a noiva mais bonita que eu veria na vida. Aí eu vi você na capela e mudei de ideia.

Ela baixou o olhar para os nossos dedos que estavam se tocando, entrelaçando os seus nos meus, e então ergueu o olhar para mim.

— Quando você diz essas coisas, Travis, você faz com que eu me apaixone de novo. — Ela se aninhou em mim e deu um beijo na minha bochecha. — Eu gostaria de ter conhecido sua mãe.

— Eu também. — Fiz uma pausa, me perguntando se eu deveria expressar o que estava na minha cabeça. — E a sua mãe?

Abby balançou a cabeça.

— Ela já não estava muito bem antes de nos mudarmos para Wichita. Depois que chegamos lá, a depressão dela só piorou. Ela simplesmente desistiu. Se eu não tivesse conhecido a America, teria ficado sozinha.

Abby já estava nos meus braços, mas eu também queria abraçar o eu de dezesseis anos da minha mulher. E o eu da sua infância, aliás. Tanta coisa tinha acontecido com ela de que eu não pude protegê-la.

— Eu... eu sei que não é verdade, mas o Mick me disse tantas vezes que eu acabei com ele. Que acabei com os dois. Eu tenho um medo irracional de fazer o mesmo com você.

— Beija-Flor — eu a repreendi, beijando seus cabelos.

— Mas é esquisito, não é? Isso de que, quando eu comecei a jogar, a sorte dele foi para o saco. Ele disse que eu roubei a sorte dele. Como se eu tivesse esse poder sobre ele. Isso causou sérios sentimentos conflituosos para uma adolescente.

A dor em seus olhos fez com que um fogo familiar recaísse sobre mim, mas rapidamente apaguei as chamas respirando fundo. Eu não tinha certeza se algum dia ver a Abby magoada faria com que eu me sentisse menos do que meio louco, mas ela não precisava de um namorado cabeça quente. Ela precisava de um marido compreensivo.

— Se ele tivesse alguma merda de bom senso na cabeça, teria feito de você um amuleto da sorte, em vez de inimiga. Com certeza, foi ele quem saiu perdendo nisso, Flor. Você é a mulher mais incrível que eu conheço.

Ela ficou mexendo nas unhas.

— Ele não queria que eu fosse a sorte dele.

— Você pode ser a minha sorte. Estou me sentindo bem sortudo agora mesmo.

Ela cutucou minhas costelas com o cotovelo.

— Então vamos simplesmente deixar as coisas como estão.

— Eu não tenho a menor dúvida de que faremos isso. Você ainda não sabe, mas você acabou de me salvar.

Alguma coisa se acendeu nos olhos de Abby e ela pressionou a bochecha no meu ombro.

— Espero que sim.

Abby

Travis me abraçou junto à lateral de seu corpo, me soltando apenas por tempo suficiente para seguirmos em frente. Nós não éramos o único casal abertamente carinhoso esperando na fila no balcão para fazer o check-in. Era o fim da semana do saco cheio, e o aeroporto estava lotado.

Assim que pegamos nossa passagem, seguimos lentamente pela segurança. Quando por fim chegamos à frente da fila, o Travis ficava disparando o detector de metais, então o guarda do aeroporto fez com que ele tirasse o anel.

Ele relutantemente obedeceu, mas, assim que passamos pela segurança e nos sentamos em um banco próximo para colocar os sapatos, Travis resmungou alguns palavrões inaudíveis, então relaxou.

— Tudo bem, baby. O anel já está de volta no seu dedo — falei, rindo de sua reação exagerada.

Ele não disse nada, apenas me deu um beijo na testa antes de deixarmos a área de segurança e seguirmos rumo ao portão de embarque. As outras pessoas que estavam aproveitando a semana do saco cheio pareciam tão exaustas e felizes quanto nós. E avistei outros casais chegando de mãos dadas, que pareciam tão nervosos e animados quanto o Travis e eu quando chegamos a Vegas.

Rocei a ponta dos dedos nos do Travis.

A resposta dele me pegou de surpresa. Foi um suspiro pesado e cheio de estresse. Quanto mais nos aproximávamos do portão, mais devagar ele caminhava. Eu estava preocupada com a reação que teríamos em casa também, mas me preocupava mais com a investigação. Talvez ele estivesse pensando o mesmo e não quisesse conversar comigo sobre isso.

No portão onze, Travis se sentou ao meu lado, mantendo a mão na minha. Ele balançava os joelhos e ficava tocando e puxando os lábios com a mão livre. Sua barba de três dias se contorcia toda vez que ele mexia a boca. Ou ele estava surtando, ou tinha tomado um pote de café sem que eu soubesse.

— Beija-Flor? — disse ele, por fim.

Ah, graças a Deus. Ele vai falar comigo sobre isso.

— O quê?

Ele pensou no que poderia dizer, então suspirou mais uma vez.

— Nada.

O que quer que fosse, eu queria consertar aquilo. Mas, se ele não estava pensando na investigação nem encarando as consequências do incêndio, eu não queria trazer o assunto à tona. Não muito tempo depois de termos nos sentado, a primeira classe estava sendo chamada para o embarque. Travis e eu nos juntamos aos demais na fila para a classe econômica.

Travis alternava o peso de uma perna para a outra, esfregando a nuca e apertando de leve a minha mão. Era tão óbvio que ele queria me dizer alguma coisa. Aquilo o corroía, e eu não sabia o que fazer, além de apertar sua mão em resposta.

Quando nosso grupo de embarque começou a formar a fila, Travis hesitou.

— Não consigo afastar essa sensação — ele disse.

— Como assim? Tipo uma sensação ruim? — falei, de repente ficando muito nervosa.

Eu não sabia se ele estava se referindo ao voo, a Vegas ou a ir para casa. Tudo que poderia dar errado entre o nosso próximo passo e a nossa chegada ao campus passou em flashes pela minha cabeça.

— Eu tenho essa sensação louca de que, assim que chegarmos em casa, eu vou acordar. Tipo, que nada disso é real.

A preocupação reluzia em seus olhos, deixando-os vidrados.

De todas as coisas com as quais se preocupar, ele estava preocupado em me perder, assim como eu estava preocupada em perdê-lo. Então foi naquele instante que eu soube que tínhamos feito a coisa certa. Que sim, éramos jovens, e sim, éramos loucos, mas estávamos tão apaixonados quanto qualquer um. Nós éramos mais velhos que Romeu e Julieta. Mais velhos que os meus avós. Podia não ter passado muito tempo desde que éramos crianças, mas tinha gente com dez anos ou mais de experiência que ainda não tinha muito controle sobre a vida. Não tínhamos controle sobre tudo em nossa vida, mas tínhamos um ao outro, e isso era mais que suficiente.

Quando voltássemos, seria bem provável que todo mundo estaria esperando pelo rompimento, esperando pela deterioração de um casal que se casara jovem demais. Só de imaginar os olhares, as histórias e os sussurros das pessoas, eu sentia minha pele se arrepiar. Poderia levar uma vida para provar a todo mundo que isso daria certo. Nós tínhamos cometido muitos erros e, sem sombra de dúvida, ainda cometeríamos milhares deles, mas as chances estavam a nosso favor. Nós já havíamos provado antes que todos estavam errados.

Depois de uma partida de tênis de preocupações e tranquilizações, finalmente passei os braços em torno do pescoço do meu marido, tocando meus lábios nos dele bem de leve.

— Aposto meu primogênito. Viu como tenho certeza?

Essa era uma aposta que eu não perderia.

— Você não pode ter tanta certeza assim — ele disse.

Ergui uma sobrancelha e minha boca se repuxou para o lado.

— Quer apostar?

Travis relaxou, pegando o cartão de embarque dos meus dedos e o entregando à funcionária.

— Obrigada — ela disse, checando o cartão e depois o devolvendo a ele. Ela fez o mesmo com o meu e, assim como pouco mais de vinte e quatro horas antes, descemos de mãos dadas pela plataforma de embarque.

— Você está sugerindo alguma coisa? — o Travis me perguntou. — Você não está... Foi por isso que você quis se casar?

Dei risada, balancei a cabeça e o puxei comigo.

— Ai, meu Deus, não! Eu acho que acabamos de dar um passo grande o bastante para durar um tempinho.

Ele assentiu uma vez.

— É justo, sra. Maddox.

Deu um leve aperto na minha mão e embarcamos no avião para casa.

12

ANIVERSÁRIO DE CASAMENTO

Abby

A *água espumava na minha pele, se misturando ao protetor solar e am-*
pliando a textura da minha barriga bronzeada. O sol brilhava intensamen-
te sobre a gente e todo o resto do pessoal que estava na praia, fazendo
com que o calor dançasse em ondas sobre a areia, por entre as trilhas de
toalhas de praia de cores berrantes.

— Madame — disse o garçom, se curvando com dois drinques. O
suor escorria de sua pele escura, mas ele estava sorrindo. — Mando a
conta para o quarto?

— Sim, obrigada — falei, pegando minha frozen margarita de mo-
rango e assinando o recibo.

America pegou a dela e agitou o gelo com o canudo minúsculo.

— Isso. É. O. Paraíso.

Todos nós merecíamos um pouco de paraíso para nos recuperarmos
do ano que passara. Depois de ir a dezenas de funerais e ajudar o Travis
a lidar com a culpa, nós respondemos a mais perguntas dos investigadores. Os alunos que estavam na luta continuavam sem mencionar o
nome do Travis quando falavam com as autoridades, mas rumores se es-
palhavam, e levou um bom tempo para que a prisão do Adam fosse o
suficiente para as famílias.

Foi preciso muita coisa para convencer o Travis a não se entregar. A
única coisa que pareceu contê-lo foi eu ter implorado para que ele não

me deixasse sozinha, além de saber que o Trent seria acusado de obstruir a investigação. Os primeiros seis meses do nosso casamento foram longe de fáceis, e passamos longas noites discutindo qual seria a coisa certa a fazer. Talvez fosse errado da minha parte impedir que o Travis parasse na cadeia, mas eu não estava nem aí pra isso. Eu não acreditava que ele estava mais errado do que qualquer um que tivesse escolhido estar naquele porão naquela noite. Eu nunca me arrependeria da minha decisão, assim como nunca me arrependeria de ter olhado nos olhos daquele detetive e ter mentido na cara dura para salvar meu marido.

— Sim — falei, observando enquanto a água subia na areia e depois recuava. — Nós temos de agradecer ao Travis. Ele ficou na academia com tantos clientes quanto conseguia encaixar entre suas aulas seis dias por semana, das cinco da manhã às dez da noite. Foi tudo por conta dele. Com certeza não foi o dinheiro das minhas aulas particulares que nos trouxe até aqui.

— Agradecer a ele? Quando ele me prometeu um casamento de verdade, eu não sabia que ele queria dizer um ano depois!

— America — eu a repreendi, me virando para ela. — Será que teria como você ser mais mimada? Nós estamos na praia, bebendo frozen margaritas em St. Thomas.

— Pelo menos isso acabou me dando tempo para planejar a sua despedida de solteira e a renovação de seus votos — disse ela, tomando um gole de sua bebida.

Eu sorri, virando-me para ela.

— Obrigada. De verdade. E essa é a melhor despedida de solteira na história das festas de despedida de solteira.

Harmony veio caminhando até a gente e se sentou na espreguiçadeira do meu outro lado, com os cabelos castanhos curtos brilhando ao sol. Ela os balançou para tirar a água salgada.

— A água está tão quente! — disse, erguendo os óculos de sol exageradamente grandes. — Tem um cara ali ensinando windsurfe para as crianças. Ele é incrivelmente gostoso.

— Talvez você possa convencê-lo a ser o nosso stripper mais tarde? — disse America, sem demonstrar qualquer emoção.

Kara franziu o cenho.

— America, não. O Travis ficaria furioso. A Abby não é solteira *de verdade*, lembra?

America deu de ombros, deixando os olhos se fecharem atrás dos óculos de sol. Embora a Kara e eu tivéssemos ficado bem íntimas desde que me mudei, a America e ela ainda não eram melhores amigas. Provavelmente porque as duas diziam exatamente o que pensavam.

— A gente bota a culpa na Harmony — America disse. — O Travis não pode ficar bravo com ela. Ele sempre vai ficar devendo a ela por ter deixado que ele entrasse no Morgan naquela noite em que vocês brigaram.

— Isso não quer dizer que eu queira enfrentar a fúria de um Maddox — disse Harmony, estremecendo.

Eu zombei delas.

— Vocês sabem que ele não tem nenhum ataque faz um bom tempo. Ele tem controle sobre a própria raiva agora.

Harmony e eu tivéramos duas disciplinas em comum naquele semestre, e, quando a convidei para ir até o apartamento estudar, Travis a reconheceu como a garota que o deixara entrar em nosso dormitório. Assim como o Travis, o irmão dela também era membro da fraternidade Sigma Tau, então ela era uma das poucas garotas bonitas do campus com quem o Travis não tinha transado.

— O Travis e o Shepley vão chegar amanhã à tarde — disse America. — Nós temos que fazer nossa festinha hoje à noite. Você não está achando que o Travis está sentado em casa sem fazer nada, né? A gente vai sair e se divertir pra caramba, quer você goste ou não da ideia.

— Tudo bem — falei. — Só nada de strippers. E nada de ficar até muito tarde. Essa cerimônia vai ter público. E eu não quero estar com cara de ressaca.

Harmony levantou a bandeira ao lado de sua cadeira e, quase que imediatamente, um garçom apareceu.

— Em que posso ajudar, senhorita?

— Uma piña colada, por favor.

— É claro — ele disse, recuando.

— Esse lugar é o máximo! — America falou.

— E você se pergunta por que levamos um ano para economizar dinheiro pra isso.

— Você tem razão. Eu não devia ter dito nada. O Trav queria que você tivesse o melhor. Entendi. E foi legal da parte dos meus pais pagarem a minha viagem. Nem ferrando eu teria conseguido vir de outra forma.

Eu ri.

— Você prometeu que eu podia ser a dama de honra e fazer tudo aquilo que você me fez perder no ano passado. Estou encarando isso como um presente de casamento e de aniversário de casamento pra você, e um presente de aniversário pra mim, tudo numa coisa só. Se você quer saber, eles ainda pagaram barato.

— Ainda assim é demais.

— Abby, eles te amam como filha. Meu pai está muito animado com a ideia de entrar na igreja com você. Deixe que eles façam isso sem arruinar o espírito da coisa — America disse.

Eu sorri. Mark e Pam me tratavam como família. Depois que meu pai me colocou em uma situação perigosa no ano passado, Mark decidiu que eu precisava de um novo pai e se indicou. Se eu precisasse de ajuda com taxas da faculdade ou livros, ou de um novo aspirador de pó, Mark e Pam apareciam na minha porta. Ajudar-me também lhes dava uma desculpa para visitar America e a mim, e era evidente que era disso que eles mais gostavam.

Agora eu tinha não só o turbulento clã Maddox como família, mas também Mark e Pam. Eu passara de não pertencer a ninguém para fazer parte de duas famílias fantásticas e incrivelmente importantes para mim. A princípio, isso me deixou ansiosa. Eu nunca tivera tanto a perder antes. Porém, com o passar do tempo, eu me dei conta de que minha nova família não iria a lugar nenhum e aprendi quanta coisa boa poderia surgir do infortúnio.

— Desculpa. Vou tentar aceitar isso de maneira graciosa.

— Obrigada.

— Obrigada! — disse Harmony, pegando seu drinque da bandeja. Ela assinou a conta e começou a bebericá-lo. — Estou tão animada para ir a esse casamento!

— Eu também — America disse, fazendo uma cara feia em minha direção.

Ela mal tinha me perdoado por ter me casado sem ela. E, honestamente, eu esperava que ela nunca tentasse fazer o mesmo comigo. Mas o casamento ainda estava distante para ela.

Ela e o Shepley pensaram em morar juntos, mas decidiram que, mesmo que estivessem sempre por perto um do outro, a America ficaria no Morgan e o Shepley se mudaria para o Helms, um dormitório masculino. Mark e Pam estavam mais felizes com esse acordo. Eles amavam o Shepley, mas estavam preocupados que o estresse da vida real, com contas e emprego, afetasse o foco deles na faculdade. America estava tendo que se esforçar, até mesmo no dormitório.

— Eu só espero que as coisas sejam tranquilas. Odeio pensar em ficar parada lá na frente com todas aquelas pessoas olhando pra nós.

America soltou uma risada.

— O Elvis não foi convidado, mas tenho certeza de que ainda assim vai ser bonito.

— Eu ainda não consigo acreditar que o Elvis estava no seu casamento — disse Harmony, dando risadinhas.

— Não o morto — disse Kara, inexpressiva.

— Ele não foi convidado dessa vez — falei, observando as crianças que estavam fazendo aulas praticando sozinhas o windsurfe.

— Como foi? Casar em Vegas? — Harmony quis saber.

— Foi... — falei, pensando no momento em que partimos, quase exatamente um ano antes. — Estressante e assustador. Eu fiquei preocupada. Eu chorei. Foi basicamente perfeito.

A expressão no rosto de Harmony era um misto de repulsa e surpresa.

— Parece que sim.

Travis

— *Vai se foder — falei, não achando aquilo divertido.*

— Ah, vamos lá! — Shepley disse, chacoalhando o corpo de tanto rir. — Você costumava dizer que eu era o domado.

— Vai se foder de novo.

Shepley desligou a ignição. Ele tinha parado o Charger no lado mais afastado do estacionamento do Cherry Papa. O lar das strippers mais gordas e sujas da cidade.

— Não é como se você fosse levar uma delas pra casa.

— Eu prometi pra Flor. Nada de strippers.

— Eu prometi uma festa de despedida de solteiro pra você.

— Cara, vamos pra casa. Eu estou cheio, e temos que pegar o avião de manhã.

Shepley franziu o cenho.

— As meninas passaram o dia inteiro deitadas numa praia no Caribe e agora provavelmente estão festejando numa boate.

Balancei a cabeça.

— Nós não vamos a boates sozinhos. Ela não faria isso.

— Faria, se foi o que a America planejou.

Balancei a cabeça.

— Não, nem fodendo ela faria isso. Eu não vou ao clube de strippers. Ou você escolhe outro lugar, ou me leva pra casa.

Shepley soltou um suspiro e estreitou os olhos.

— E quanto àquilo?

Eu segui sua linha de visão até a próxima quadra.

— Um hotel? Shep, eu te amo, cara, mas isso não é uma despedida de solteiro de verdade. Eu sou casado. E, mesmo que não fosse, eu não transaria com você.

Shepley balançou a cabeça.

— Tem um bar lá dentro. Não é uma boate. Isso é permitido na sua longa lista de regras do casamento?

Franzi a testa.

— Eu só respeito a minha mulher. E, sim, babacão, nós podemos entrar lá.

— Excelente! — disse ele, esfregando uma mão na outra.

Nós atravessamos a rua e o Shepley abriu a porta. Estava um breu lá dentro.

— Humm... — comecei a falar.

De repente, as luzes se acenderam. Os gêmeos, Taylor e Tyler, jogaram confete na minha cara, a música começou a tocar bem alta, e então eu vi a pior coisa que já tinha visto na vida: o Trenton usando fio dental para homem e coberto com uns cinco quilos de purpurina. Ele estava com uma peruca loira dessas baratas, e Cami estava caindo na gargalhada, animando-o.

Shepley me empurrou pelo restante do caminho. Meu pai estava em um lado do salão, de pé ao lado do Thomas. Eles dois balançavam a cabeça. Meu tio Jack estava do outro lado do Thomas, e o restante do espaço estava cheio, com os meus companheiros da Sigma Tau e os caras do time de futebol americano.

— Eu tinha dito nada de strippers — falei, observando chocado enquanto Trenton dançava ao som de Britney Spears.

Shepley caiu na gargalhada.

— Eu sei, mano, mas parece que o lance do stripper começou antes de chegarmos aqui.

Era um desastre. Meu rosto se contorceu em repulsa enquanto eu via o Trenton dançar pelo salão, em movimentos supostamente sexy — mesmo que eu não quisesse ver aquilo. Todo mundo o animava a continuar o show. Havia peitos de papelão pendurados no teto e até um bolo em forma de peitos numa mesa ao lado do meu pai. Eu já tinha ido a diversas festas de despedida de solteiro, e essa tinha que ganhar algum tipo de prêmio bizarro.

— Ei — o Trenton disse, sem fôlego e suado. Ele puxou umas mechas dos fios de cabelos falsos da peruca, tirando-os do rosto.

— Você perdeu alguma aposta? — perguntei.

— Pra falar a verdade, perdi sim.

Taylor e Tyler estavam do outro lado do salão, dando tapas nos joelhos e rindo tanto que mal conseguiam respirar.

Dei um tapa no traseiro do Trenton.

— Você está gostosão, cara.

— Obrigado — ele disse.

A música começou e ele sacudiu os quadris para mim. Eu o empurrei e, sem perder o ânimo, ele foi dançando pela sala para entreter a galera.

Olhei para o Shepley.

— Eu mal posso esperar para ver você explicar isso pra Abby.

Ele sorriu.

— Ela é sua mulher. Você explica.

Durante as próximas quatro horas, nós bebemos, conversamos e ficamos assistindo ao Trenton se fazendo de idiota. Meu pai, como era de esperar, foi embora cedo. Ele e os meus outros irmãos tinham de pegar o avião. Todos nós pegaríamos um voo até St. Thomas pela manhã para a renovação dos meus votos.

Durante o último ano, Abby deu aulas particulares e eu trabalhei como personal trainer na academia local. Nós conseguimos economizar uma grana, depois de pagarmos os custos da faculdade, o aluguel e o carro, para irmos até St. Thomas e ficarmos uns dias em um hotel legal. Havia muitas coisas que a gente podia ter feito com esse dinheiro, mas a America continuava falando nisso e não nos deixaria desistir da ideia. Então, quando os pais da America nos deram o presente de casamento/aniversário da America/nosso aniversário de casamento, tentamos recusar, mas a America foi insistente.

— Ok, meninos. Vou estar detonado pela manhã se não for embora agora.

Todo mundo reclamou e me provocou com palavras como *domado* e *mariquinha*, mas a verdade era que todos eles tinham se acostumado a essa nova versão domesticada de Travis Maddox. Fazia quase um ano que eu não socava a cara de ninguém.

Bocejei, e o Shepley me deu um soco no ombro.

— Vamos.

Seguimos em silêncio no carro. Eu não sabia ao certo no que o Shepley estava pensando, mas mal podia esperar para ver a minha mulher. Ela tinha partido no dia anterior, e aquela era a primeira vez que a gente ficava separado desde que tínhamos nos casado.

Shepley estacionou no prédio e desligou o carro.

— Entregue na porta de casa, otário.

— Admita. Você sente falta.

— Do apartamento? É, um pouco. Mas sinto mais falta de você lutando e enchendo a gente de toneladas de dinheiro.

— É. Às vezes eu também sinto. A gente se vê de manhã.

— Passo aqui às seis e meia.

— Até mais tarde.

Shepley partiu enquanto eu subia os degraus devagar, procurando a chave do apartamento. Eu odiava voltar para casa quando a Abby não estava lá. Não tinha nada pior do que isso depois que nos conhecemos, e era a mesma coisa agora. Talvez até mais infeliz agora, porque o Shepley e a America nem estavam lá para me encher o saco.

Virei a chave e abri a porta, trancando-a atrás de mim e jogando a carteira no balcão. Eu já tinha levado o Totó para o hotel de animais, para que ele ficasse acomodado por lá enquanto estivéssemos viajando. O ambiente estava silencioso demais. Suspirei. O apartamento tinha mudado muito no último ano. Havíamos tirado os pôsteres e as placas de bar, dando lugar a fotos nossas e pinturas. Não era mais um apartamento de solteiro, mas a troca era boa.

Entrei no quarto, tirei a roupa até ficar só com a minha cueca boxer da Calvin Klein e subi na cama, me enfiando sob o edredom floral verde e azul — outra coisa que nunca teria entrado no apartamento se não fosse pela Abby. Puxei o travesseiro dela para perto de mim e repousei a cabeça nele. Tinha o cheiro dela.

O relógio marcava duas da manhã. Eu estaria com ela dentro de doze horas.

~~13~~ 14

SOLTEIRA

Abby

*Aqueles sentados na extremidade mais afastada do restaurante come*çaram a gritar, quase derrubando as mesas e as crianças para sair dali. Taças de vinho se quebraram e talheres ressoaram no chão. Uma luminária em forma de abacaxi caiu, rolou de uma das mesas e se partiu. A America revirou os olhos para as mais ou menos vinte pessoas reunidas em umas mesas adiante.

— Pelo amor de Deus, pessoal! É só um pouquinho de chuva!

Os funcionários do restaurante e as recepcionistas se dispersaram para baixar as paredes de toldo do restaurante ao ar livre.

— E você estava reclamando porque não tínhamos vista do oceano — Harmony falou, provocando America.

— É, aquelas vadias esnobes não estão com aquele sorriso metido no rosto agora, estão? — disse America, assentindo e sorrindo para a meia dúzia de loiras que agora estavam reunidas e molhadas.

— Deixa isso pra lá, Mare. Você bebeu vinho demais — falei.

— Eu estou em férias e isso é uma despedida de solteira. Eu devo ficar bêbada.

Bati de leve na mão dela.

— Isso seria tranquilo se você não fosse uma bêbada malvada.

— Vai se foder, sua vaca, eu *não* sou uma bêbada malvada. — Olhei furiosa para ela, que piscou para mim e sorriu. — Brincadeirinha!

Harmony deixou o garfo cair em seu prato.

— Estou cheia. E agora?

Com um sorriso malicioso, America puxou uma pequena pasta da bolsa, com pequenas letras de isopor na frente, que diziam TRAVIS & ABBY, e a data do nosso casamento.

— Agora a gente vai fazer um jogo.

— Que tipo de jogo? — perguntei, desconfiada.

Ela abriu a pasta.

— Já que a Cami só vai poder estar aqui amanhã, ela preparou isso daqui pra você — ela disse, virando a pasta para si para ler as palavras. — O jogo "O que o seu marido diria?". Eu já ouvi falar disso. Superdivertido, embora, tipicamente, seja sobre o *futuro* marido — disse ela, se mexendo bem animada em seu assento. — Então... a Cami fez essas perguntas ao Travis na semana passada e me mandou o livro.

— O quê? — eu gritei. — Que tipo de perguntas?

— Você está quase pronta para descobrir — ela disse, acenando para o garçom. Ele trouxe uma bandeja cheia de copinhos com gelatina alcoólica.

— Ah, meu... — falei.

— Se errar as respostas, você bebe. Se acertar, nós bebemos. Preparada?

— Claro — falei, olhando de relance para Kara e Harmony.

America pigarreou, segurando a pasta diante de si.

— Quando o Travis soube que você era a mulher da vida dele?

Pensei por um minuto.

— Naquela primeira noite de pôquer na casa do pai dele.

Arrrrgh! America fez um som horrendo com a garganta.

— Quando ele se deu conta de que não era bom o bastante pra você, o que aconteceu no instante em que ele te viu. Beba!

— Ahhh! — disse Harmony, levando a mão ao peito.

Eu peguei um dos copinhos de plástico e apertei o conteúdo para dentro da boca. Hummmm! Eu não me importaria nem um pouco em perder.

— Próxima pergunta! — America disse. — Qual é a coisa que ele mais gosta em você?

— A minha comida.

Arrrrgh! America fez o som horrendo mais uma vez.

— Beba!

— Você é uma porcaria nesse jogo — disse Kara, claramente se divertindo.

— Talvez eu esteja fazendo isso de propósito. Isso aqui é bom! — falei, colocando mais uma dose na boca.

— A resposta do Travis? A sua risada.

— Uau! — falei, surpresa. — Isso é, tipo, carinhoso.

— Qual é a parte do seu corpo que ele mais gosta?

— Meus olhos.

— Ding dong! Correto!

Harmony e Kara aplaudiram e eu me curvei em reverência.

— Obrigada, obrigada. Agora bebam, vadias.

Todas elas riram e viraram uma dose.

America virou a página e leu a pergunta seguinte.

— Quando o Travis quer ter filhos?

— Ah — soprei o ar pelos lábios. — Em sete... oito anos?

— Um ano depois de se formar na faculdade.

Kara e Harmony fizeram a mesma cara, formando "oh!" com a boca.

— Eu vou beber — falei. — Mas ele e eu teremos de conversar um pouco mais sobre esse assunto.

America balançou a cabeça.

— Esse é um jogo pré-casamento, Abby. Você devia se sair muito melhor.

— Cala a boca. Continua.

Kara se atentou para um detalhe:

— Tecnicamente, ela não pode calar a boca e continuar.

— Cala a boca — dissemos a America e eu, juntas.

— Próxima pergunta! — America falou. — Qual você acha que foi o momento favorito do Travis no relacionamento de vocês?

— A noite em que ele ganhou a aposta e eu me mudei para o apartamento?

— Correto novamente! — America afirmou.

— Isso é tão meigo! Eu não aguento — disse Harmony.

— Bebam! Próxima pergunta — falei, sorrindo.

— O que é que o Travis nunca vai se esquecer de você ter dito a ele?

— Uau. Eu não faço a mínima ideia.

Kara se inclinou para frente.

— Adivinha.

— A primeira vez em que eu disse que o amava?

America estreitou os olhos, pensando.

— Tecnicamente, você está errada. Ele disse que foi a vez em que você disse ao Parker que amava o Travis! — America caiu na gargalhada e o restante de nós também. — Beba!

America virou outra página.

— Qual é o único item sem o qual o Travis não consegue viver?

— A moto dele.

— Correto!

— Onde foi o primeiro encontro romântico de vocês?

— Tecnicamente, no Pizza Shack.

— Correto! — America disse mais uma vez.

— Pergunta alguma coisa mais difícil, ou a gente vai ficar bêbada — disse Kara, virando mais uma dose.

— Hummmm... — America falou, folheando as páginas. — Ah, aqui está. O que você acha que é a coisa favorita da Abby em relação a você?

— Que tipo de pergunta é essa?

Elas ficaram me olhando com ares de expectativa.

— Hummmm... Minha coisa favorita em relação a ele é a forma como ele sempre me toca quando nos sentamos juntos, mas eu aposto que ele disse que eram as tatuagens.

— Droga! — disse America. — Correto! — Elas beberam e eu aplaudi para celebrar minha pequena vitória. — Mais uma — America falou. — O que o Travis acha que é o seu presente predileto dele?

Fiz uma pausa por alguns segundos.

— Essa é fácil. O scrapbook que ele me deu esse ano no Dia dos Namorados. Agora bebam!

Todo mundo riu, e, mesmo sendo a vez delas, eu partilhei da última dose com minhas amigas.

Harmony limpou a boca com um guardanapo e me ajudou a pegar os copinhos vazios e colocá-los na bandeja.

— Quais são os planos agora, Mare?

America ficou inquieta, claramente animada com o que estava prestes a dizer.

— Nós vamos para a boate, é isso o que vamos fazer!

Balancei a cabeça em negativa.

— De jeito nenhum. Nós já falamos sobre isso.

America fez bico.

— Nem vem — falei. — Eu estou aqui para renovar meus votos de casamento, não para me divorciar. Pensa em alguma outra coisa.

— Por que ele não confia em você? — America disse, e sua voz lembrava muito uma lamúria.

— Se eu realmente quisesse ir, eu iria. É só que eu respeito o meu marido e prefiro ter um bom relacionamento com ele a ficar sentada em uma boate cheia de fumaça com luzes que me dão dor de cabeça. Isso faria ele ficar pensando no que pode ter acontecido, e eu prefiro que isso não aconteça. Tem funcionado até agora.

— Eu respeito o Shepley. Ainda assim, eu vou a boates sem ele.

— Não, não vai não.

— Mas só porque eu ainda não quis ir. Hoje eu quero.

— Bem, eu não quero.

America juntou as sobrancelhas.

— Tudo bem. Plano B. Noite de pôquer?

— Muito engraçado.

O rosto de Harmony se iluminou.

— Eu vi um panfleto anunciando noite de filme na Honeymoon Beach! Eles colocam uma tela bem no meio da água.

America fez careta.

— Chato.

— Não, eu acho que parece divertido. Quando começa?

Harmony deu uma olhada no relógio, e então ficou com uma expressão triste.

— Em quinze minutos.

— A gente consegue! — falei, apanhando a minha bolsa. — A conta, por favor!

Travis

— *Calma aí, cara* — *o Shepley disse.*

Ele olhou para baixo em direção aos meus dedos, que batiam nervosamente no apoio de metal para o braço. A gente tinha aterrissado com segurança e taxiado, mas, por algum motivo, ainda não estavam prontos para nos liberar. Todo mundo esperava em silêncio por aquela curta campainha que seria sinônimo de liberdade. Havia alguma coisa com o barulho da luz que indicava para soltar o cinto de segurança que fazia com que todo mundo desse um pulo e se mexesse para pegar a bagagem de mão e se postar de pé na fila. Eu, na verdade, tinha um motivo para estar com pressa, então a espera era particularmente irritante.

— Por que está demorando tanto, caralho? — falei, talvez um pouco alto demais.

Uma mulher na nossa frente, com uma criança com idade de estar no ensino fundamental, se virou devagar para olhar feio para mim.

— Desculpa.

Ela voltou o olhar para frente, bufando de raiva.

Olhei para o relógio no meu pulso.

— A gente vai se atrasar.

— Não, não vai — o Shepley disse com sua típica voz suave e reconfortante. — Ainda temos bastante tempo.

Eu me estiquei para o lado, olhando para o corredor, como se isso fosse ajudar.

— As comissárias de bordo ainda não se mexeram. Espera, uma delas está ao telefone.

— Isso é um bom sinal.

Eu me ajeitei no assento e suspirei.

— A gente vai se atrasar.

— Não, não vai. Você só está com saudades.

— Estou mesmo — falei.

Eu sabia que estava parecendo patético e nem ia tentar esconder isso. Essa era a primeira vez em que a Abby e eu havíamos passado uma noite longe um do outro desde que estávamos casados, e eu me sentia miserável. Mesmo depois de um ano, eu ainda esperava ansioso pelo momento em que ela acordaria de manhã, e eu sentia falta dela quando dormia.

Shepley balançou a cabeça em sinal de desaprovação.

— Você se lembra de quando costumava zoar muito com a minha cara e falar muita merda quando eu agia como você está agindo agora?

— Você não amava aquelas garotas do jeito que eu amo a Abby.

Shepley abriu um sorriso.

— Você está mesmo feliz, cara?

— Por mais que eu a amasse antes, amo ainda mais agora. Do jeito como meu pai costumava falar da minha mãe.

Shepley sorriu e então abriu a boca para responder, mas a luz indicando para soltarmos o cinto de segurança fez o barulho, levando todo mundo a se mexer em uma confusão de levantar, esticar as mãos e se postar no corredor.

A mãe que estava na minha frente abriu um sorriso.

— Parabéns — ela disse. — Parece que você acertou sua vida mais que a maioria das pessoas.

A fila começou a andar.

— Na verdade, não. Nós só tivemos muitas provações desde cedo.

— Sorte de vocês — disse ela, guiando o filho pelo corredor.

Dei uma risada, pensando em todas as merdas e decepções, mas ela estava certa. Se eu tivesse de fazer tudo isso de novo, eu preferiria aguentar a dor no começo a ter tido tudo fácil e depois precisar encarar um monte de merda mais à frente.

O Shepley e eu nos apressamos até a área das esteiras de bagagem, pegamos as nossas e fomos apressados para o lado de fora a fim de pe-

gar um táxi. Fiquei surpreso ao ver um homem de terno preto segurando uma lousa em que estava escrito GRUPO DOS MADDOX com caneta
vermelha.

— Ei — falei.

— Sr. Maddox? — disse ele, abrindo um largo sorriso.

— Somos nós.

— Sou o sr. Gumbs. Por aqui. — Ele pegou a minha mala maior e
nos conduziu pelo lado de fora até um Cadillac Escalade preto. — Vocês
estão hospedados no Ritz-Carlton, certo?

— Sim — o Shepley respondeu.

Nós carregamos o porta-malas com o restante das bagagens e então
nos sentamos na fileira de assentos do meio.

— Bola dentro! — disse Shepley, olhando ao redor.

O motorista partiu, subindo e descendo colinas e passando por curvas, tudo no lado errado da rua. Era confuso, porque o volante ficava do
mesmo lado que no nosso país.

— Fico feliz por não termos alugado um carro — falei.

— Sim, a maioria dos acidentes por aqui é causada por turistas.

— Aposto que sim — Shepley comentou.

— Não é difícil. É só lembrar de ficar mais perto do meio-fio — disse
ele, cortando o ar com um golpe de caratê, com a mão esquerda.

Ele continuou nos conduzindo por um minitour, apontando para
diferentes coisas ao longo do caminho. As palmeiras me faziam sentir
fora o bastante do nosso ambiente de sempre, mas os carros estaciona-
dos no lado esquerdo da rua estavam realmente confundindo a minha
cabeça. Grandes colinas pareciam tocar o céu, salpicadas com pontinhos
brancos, que eu presumia serem casas nas encostas.

— Aquele ali é o shopping center Havensight — disse o sr. Gumbs.
— É aqui que todos os cruzeiros ancoram, estão vendo?

Eu vi os grandes navios, mas não conseguia parar de olhar fixamente
para a água. Eu nunca tinha visto água de um azul tão puro antes. Acho
que é por isso que o chamam de azul-caribe. Era simplesmente inacreditável.

— Estamos longe?

— Quase chegando — o sr. Gumbs respondeu com um sorriso no rosto.

No momento certo, a velocidade do Cadillac diminuiu e o carro parou para esperar pelo tráfego, então passamos para uma longa entrada de carros. Ele diminuiu a velocidade mais uma vez, para passarmos pela cabine de segurança, de onde acenaram para que entrássemos, e então continuamos em outro longo caminho até a entrada do hotel.

— Obrigado! — Shepley disse.

Ele deu uma gorjeta ao motorista e sacou o celular, pressionando a tela com rapidez. O telefone fez um barulho de beijo — devia ser a America. Ele leu a mensagem e então assentiu.

— Parece que você e eu vamos para o quarto da Mare, e elas estão se arrumando no seu.

Eu fiz uma careta.

— Isso é... estranho.

— Eu acho que elas não querem que você veja a Abby ainda.

Balancei a cabeça e sorri.

— Ela agiu desse jeito da última vez.

Um funcionário do hotel nos levou até um carrinho de golfe e depois o guiou até o nosso prédio. Nós o acompanhamos até o quarto certo e entramos. Era muito... tropical, elegante, como seria algo tropical no Ritz-Carlton.

— Isso vai servir! — disse Shepley, todo sorrisos.

Franzi a testa.

— A cerimônia vai ser em duas horas. Eu tenho que ficar esperando por duas horas?

Shepley ergueu um dedo, digitou no celular e então ergueu o olhar.

— Não. Você vai poder vê-la assim que ela estiver pronta, segundo a Abby. Ao que tudo indica, ela também está sentindo sua falta.

Um largo sorriso se abriu em meu rosto. Era algo que eu não conseguia evitar. Abby tinha esse efeito sobre mim, dezoito meses antes, um ano atrás e pelo resto da minha vida. Peguei meu celular.

Eu: Amo vc, baby.

Abby: Ah, meu Deus! Vc tá aqui. Tb amo vc!

Eu: A gente se veh em breve.

Abby: Pode apostar q sim!

Eu ri alto. Eu tinha dito antes que a Abby era tudo pra mim. Pelos últimos 365 dias direto, ela havia provado que isso era verdade.

Alguém socou a porta, e eu fui até lá para abri-la.

O rosto do Trent se iluminou.

— E aí, cuzão!

Eu ri uma vez, balancei a cabeça e fiz um movimento convidando meus irmãos a entrarem.

— Entrem aqui, pagãos de merda! Eu tenho uma mulher me esperando e um fraque com o meu nome.

15

FELIZES PARA SEMPRE

Travis

Um ano depois do dia seguinte àquele em que eu estava no fundo da nave de uma capela em Vegas, eu me encontrava esperando pela Abby mais uma vez, agora em um gazebo cuja vista dava para as belíssimas águas azuis cercando a ilha de St. Thomas. Ajeitei minha gravata-borboleta, satisfeito por ser esperto o bastante para não ter usado isso da última vez, mas também não tive que lidar com a "visão" da America da última vez.

Cadeiras brancas com fitas cor de laranja e púrpura presas em torno do encosto estavam, vazias, em um dos lados, o oceano do outro. Um tecido branco cobria o corredor por onde Abby desceria, e flores cor de laranja e púrpura estavam praticamente em todas as partes para onde eu olhasse. Fizeram um belo trabalho. Eu ainda preferia nossa primeira cerimônia de casamento, mas essa se parecia mais com algo com que qualquer garota sonharia.

E então aquilo com que qualquer garoto sonharia saiu de trás de uma fileira de árvores e arbustos. Abby estava ali parada, sozinha, de mãos vazias, com um longo e branco véu descendo em meio a seus cabelos penteados metade para baixo e metade para cima, soprando ao vento cálido do Caribe. Seu longo vestido branco era justo e um pouco brilhante. Provavelmente de cetim. Eu não tinha certeza e não me importava. Tudo em que eu conseguia me concentrar era ela.

Pulei os quatro degraus que davam para o gazebo e me apressei até a minha mulher, encontrando-a na última fileira de cadeiras.

— Ah, meu Deus! Eu senti sua falta pra diabo! — falei, envolvendo-a em meus braços.

Abby pressionou os dedos nas minhas costas. Essa era a melhor coisa que eu sentia em três dias, desde o nosso abraço de despedida. Ela não disse nada, ficou apenas rindo nervosamente, mas eu podia ver que também estava feliz em me ver. O último ano tinha sido tão diferente dos seis primeiros meses do nosso relacionamento... Ela tinha se comprometido totalmente comigo, e eu tinha me comprometido totalmente a ser o homem que ela merecia. Era melhor, e a vida era boa. Nos primeiros seis meses, fiquei esperando que algo ruim a arrancasse de mim, mas depois disso nós nos ajeitamos na nossa nova vida.

— Você está incrivelmente linda — falei, depois de recuar para vê-la melhor.

Abby esticou a mão e tocou minha lapela.

— Você também não está nada mal, sr. Maddox.

Depois de alguns beijos, abraços e histórias sobre nossa festa de despedida de solteiro/solteira (que pareceram igualmente sem grandes eventos, exceto pelo lance todo de stripper do Trent), os convidados começaram a entrar.

— Acho que isso significa que devemos ir para o nosso lugar — disse Abby.

Não consegui esconder a decepção. Eu não queria ficar sem ela por mais nem um segundo. Abby tocou o meu maxilar e depois ficou na ponta dos pés para me dar um beijo na bochecha.

— A gente se vê em breve.

Ela saiu andando, desaparecendo atrás das árvores mais uma vez.

Voltei ao gazebo, e não demorou muito para que as cadeiras estivessem todas ocupadas. Nós tínhamos de fato um público dessa vez. Pam estava sentada do lado da noiva na primeira fileira, com sua irmã e seu cunhado. Alguns dos meus companheiros da Sigma Tau enchiam a última fileira, assim como o velho parceiro do meu pai, além da esposa e dos filhos dele, meu chefe, o Chuck, e sua namorada da semana, ambos os casais de avós de America e meu tio Jack e tia Deana. Meu pai estava sentado na primeira fileira, do lado do noivo, fazendo companhia às acompanhantes dos meus irmãos. O Shepley estava lá de pé, como meu padrinho, e os meus outros padrinhos, Thomas, Taylor, Tyler e Trent, estavam ao lado dele.

Todos nós tínhamos visto mais um ano se passar, todos tínhamos passado por tanta coisa, em alguns casos tínhamos perdido tanta coisa, e ainda assim estávamos reunidos como uma família para celebrar algo que dera certo para os Maddox. Sorri e assenti para os homens que estavam ali de pé comigo. Eles ainda eram a fortaleza impenetrável de que eu me lembrava da minha infância.

Os meus olhos se focaram nas árvores ao longe, enquanto eu esperava pela minha mulher. A qualquer segundo, ela apareceria ali e todo mundo poderia ver o que eu vi um ano antes, e ficar tão deslumbrados quanto eu fiquei.

Abby

Depois de um longo abraço, Mark sorriu para mim.

— Você está linda. Estou tão orgulhoso de você, querida.

— Obrigada por me levar até o altar — falei, um pouco envergonhada.

Ao pensar em tudo que ele e a Pam tinham feito por mim, meus olhos se encheram de lágrimas. Pisquei para limpá-las antes que tivessem chance de escorrer pelas minhas bochechas.

Mark deu um beijinho estalado na minha testa.

— Nós somos abençoados por ter você na nossa vida, mocinha.

A música começou a tocar, fazendo com que Mark se prontificasse a me oferecer o braço. Eu peguei seu braço e nós descemos por uma pequena e irregular calçada ladeada por espessas árvores floridas. America estava preocupada que fosse chover, mas o céu estava quase claro e o sol brilhava.

Mark me conduziu até o fim da fileira de árvores e então demos a volta no canto, nos postando atrás de Kara, Harmony, Cami e America. Todas elas, menos America, trajavam vestidos curtos de cetim, tomara que caia, púrpura. Minha melhor amiga trajava um vestido cor de laranja. Elas estavam absolutamente lindas.

Kara abriu um sorrisinho.

— Acho que o belo desastre acabou se transformando em um belo casamento.

— Milagres realmente acontecem — falei, me lembrando da conversa que tivemos no que parecia uma vida atrás.

Ela riu uma vez, assentiu e então segurou seu pequeno buquê com ambas as mãos. Deu a volta no canto, desaparecendo atrás das árvores. Depois dela, foi a vez de Harmony e então Cami.

America se virou, enganchando o braço em volta do meu pescoço.

— Eu amo você! — disse ela, com um apertão.

Mark ajustou sua pegada, e eu fiz o mesmo com o buquê.

— Lá vamos nós, mocinha.

Demos a volta no canto, e o pastor fez um movimento para que todos ficassem de pé. Vi o rosto dos meus amigos e da minha nova família, mas foi só quando vi as bochechas molhadas de Jim Maddox que fiquei sem ar. Eu lutava para manter a compostura.

Travis esticou a mão para mim. Mark colocou as mãos sobre as nossas. Eu me senti tão segura naquele momento, cercada por dois dos melhores homens que eu conhecia.

— Quem está entregando a mão dessa mulher em casamento? — o pastor perguntou.

— A mãe dela e eu.

As palavras me surpreenderam. Mark vinha praticando dizer "Pam e eu" a semana inteira. Depois de ouvir isso, não havia mais como conter as lágrimas, enquanto elas se acumulavam e escorriam.

Mark deu um beijo na minha bochecha e saiu, e eu fiquei lá com o meu marido. Era a primeira vez que eu o via de fraque. Ele estava com a barba feita e tinha cortado os cabelos recentemente. Travis Maddox tinha o tipo de beleza com que toda garota sonhava, e ele era a minha realidade.

Travis secou ternamente as minhas bochechas e então nós subimos na plataforma do gazebo, ficando de frente para o pastor.

— Estamos aqui reunidos no dia de hoje para celebrar a renovação dos votos de casamento... — o pastor começou a falar.

A voz dele se misturou aos sons do oceano que se quebrava de encontro às rochas ao fundo.

Travis se inclinou para frente, apertando de leve a minha mão enquanto sussurrava.

— Feliz aniversário de casamento, Flor.

Olhei em seus olhos, tão cheios de amor e de esperança quanto no ano anterior.

— Um já foi, agora temos toda a eternidade — sussurrei em resposta.

Este livro foi composto na tipografia
ITC Giovanni Book, em corpo 10,5/15,6, e impresso
em papel off-white no Sistema Digital Instant Duplex
da Divisão Gráfica da Distribuidora Record.